蒙塔巴诺警长探案系列

蒙塔巴诺警长探案系列

蒙塔巴诺警长探案系列

陶工之地

[意] 安德烈亚·卡米莱里　著

张　莉　译

IL CAMPO DEL VASAIO

Andrea Camilleri

新华出版社

图书在版编目（CIP）数据

陶工之地 / (意) 安德烈亚·卡米莱里著 ; 张莉译.
-- 北京：新华出版社, 2018.3 （蒙塔巴诺警长探案系列）
书名原文: The Potter's Field
ISBN 978-7-5166-3926-9

Ⅰ.①陶… Ⅱ.①安… ②张… Ⅲ.①长篇小说-意大利-现代 Ⅳ.①I546.45

中国版本图书馆CIP数据核字（2018）第051128号

著作权合同登记号：01-2016-2582

陶工之地

［意］安德烈亚·卡米莱里 著 张 莉 译

选题策划：黄绪国		**责任印制**：廖成华	
责任编辑：王金英 高映霞		**封面设计**：李尘工作室	

出版发行：新华出版社
地 址：北京石景山区京原路8号 **邮 编**：100040
网 址：http://www.xinhuapub.com
经 销：新华书店、新华出版社天猫旗舰店、京东旗舰店及各大网店
购书热线：010-63077122 **中国新闻书店购书热线**：010-63072012

照 排：臻美书装
印 刷：三河市君旺印务有限公司

成品尺寸：130mm×185mm 1/32
印 张：7.75 **字 数**：160千字
版 次：2018年4月第一版 **印 次**：2018年4月第一次印刷

书 号：ISBN 978-7-5166-3926-9
定 价：36.00元

版权专有，侵权必究。如有质量问题，请与出版社联系调换：010-63077101

1

屋外的敲门声连续不断，震耳欲聋，使他从睡梦中惊醒。这是一阵手脚相加的疯狂敲门声，奇怪的是，门铃却没有响。他向窗外望去，曙光还未透过紧闭的百叶窗，外面仍然是漆黑一片。几声闷雷过后，一道闪电横行天际，照亮了窗户，阴冷了房间。暴雨昨天就开始了，现在达到了高潮。奇怪的是，汹涌的大海悄无声息，尽管海水肯定已经一路吞噬了海滩，一直涌到了阳台。他在床边的桌子上摸索着，寻找小台灯的底座。他按了一下按钮，两下，灯却不亮。是灯泡烧坏了，还是没电了呢？他从床上起身，一股寒气顺着脊背袭来。闪电和冷风从百叶窗的缝隙里长驱直入。主灯开关也失灵了。也许是风暴导致了停电。

敲门声持续不断。在一片混乱中，他好像听到一个声音在叫喊，听上去很痛苦。

"我来了！这就来！"他喊道。

因为他一直都是裸睡，所以要先找些衣服遮丑，结果什么也没找到。他确信自己把衣物放在床脚的椅子上了，也许它们滑到地板上了。但情况刻不容缓，他向前门跑去。

"谁？"他开门前问道。

"博内蒂·阿德里奇。开门，快点儿！"

他犹豫不决，心乱如麻。是局长？到底发生了什么事？这是一个愚蠢的玩笑吗？

"等一会儿。"

他跑去拿放在厨房抽屉里的手电筒，点亮后打开了门。看到淋在雨中的局长站在面前，他整个人呆住了，不知所措。博内蒂·阿德里奇戴着一顶黑色的、皱巴巴的帽子，穿着一件雨衣，左边的袖子没了。

"让我进去！"局长说。

蒙塔巴诺站到一旁，他的上司进来了。警长像梦游一样机械地跟着上司往屋里走，竟忘了关上门，门开始在风中响动。来到手边的第一把椅子前，局长没有立刻坐下来。在蒙塔巴诺惊奇的注视下，局长用双手捂住脸，开始哭泣。

警长头脑中的问题一个接一个，就像一架架起飞的喷气式飞机一样，连一个都看不清，抓不住，甚至张开双唇都做不到。

"能让我藏在你家里吗？"局长焦急地问道。

把他藏起来？局长究竟为何要藏起来呢？他是逃犯吗？他做了什么？谁在找他？

"我不……明白……"

博内蒂·阿德里奇难以置信地看着他。

"什么？蒙塔巴诺，你还没听说吗？"

"没有。听说什么？"

"今天晚上天下是黑手党的了！"

"您说什么？"

"好吧，你还以为我们可怜的国家会有怎样的结局？法律这儿变一点，那儿变一点，我们就成了现在这个样子。给我一杯水，好吗？"

"可以……当然可以。"

他很快意识到局长的头脑不太正常。或许他出车祸了，还没从脑震荡中缓过来。现在最好给蒙特鲁萨的警局总部打电话，或者打电话找医生。然而，与此同时，他不能让这个可怜的人产生一丁点儿怀疑。所以，至少现在，必须顺着他。

警长走进厨房，本能地打开电灯开关，灯亮了。他倒了一杯水，转身回去，在厨房门口愣住，此时的他就像一尊雕像，现在时兴的那一种：端着玻璃杯的裸男。

房间里亮了起来，但局长已经不在了，坐在他刚才的位置上的是个矮个子的、头上戴着柯波拉帽子的胖男人。蒙塔巴诺立刻就认出了他——托托·里纳。他已经从监狱里放出来了！所以，博内蒂·阿德里奇没有疯！他说的情况是真的！

"晚上好！"里纳说，"不好意思啊，这个点儿过来，也没跟你说。但我这也是来不及，外头有一架直升机等我呢，我得去罗马，搞什么新政府。我现在已经有好几个内阁人选了。贝尔纳多·普罗文扎诺做副总统，卡鲁阿纳兄弟二人中的一位做外交部长，莱奥卡·巴加雷拉做国防部长……所以，我来这儿是想问你个事儿，蒙塔巴诺警长，你要立马回复我。你想当我的内政部长吗？"

在蒙塔巴诺回答之前，坎塔雷拉出现在了房间里。他一定是从敞开的前门进来的。他用手里的左轮手枪对准警长，大颗大颗的泪珠从脸颊上流下来。

"头儿，如果您答应了这个罪犯，我就一枪毙了您！"

然而，谈话使坎塔雷拉分了心，而里纳动作快如毒蛇，拔出了自己的枪，枪声过后，房间里的灯熄灭了……

※

蒙塔巴诺从睡梦中醒来。和刚才的梦吻合的只有被暴风刮得咯咯作响的百叶窗。他站起来关上窗，看了看钟，然后重新爬回床上。此时是凌晨四点，他想睡个回笼觉，却发现自己虽然闭着眼睛，但内心却在挣扎。

"那个梦是什么意思呢？"

"为什么你想在这个梦里找到意义呢，蒙塔巴诺？你不是经常做这种没有意义的该死的梦吗？"

"这是你的想法，因为你是一个无知的野兽。它们可能对你毫无意义，不过，去告诉弗洛伊德吧，那时你就明白他能从中分析出什么了！"

"但我为什么要把我的梦告诉弗洛伊德呢？"

"因为如果你无法解释自己的梦，或是无法从别人那里得到解释，你就再也睡不着觉了。"

"哦，好吧。问我一个问题。"

"在梦里所有的事物中，给你留下最深刻印象的是什么？"

"变化。"

"哪一个变化？"

"我走出厨房，发现托托·里纳出现在了博内蒂·阿德里奇本该出现的地方！"

"解释一下！"

"嗯，在代表法律的位置，坐着违法犯罪的黑手党头领。"

"所以，你告诉我的是，在你自己的卧室里，在你自己的家里，你发现自己既欢迎法律的守护者，也欢迎不守法的罪犯！"

"所以呢？"

"可能在你心中，守法和违法之间的界限正在日益模糊？"

"不要说这样的废话！"

"好吧，让我们用另一种方式来看。他们让你干什么？"

"博内蒂·阿德里奇求我帮助他，让他藏在我的房子里！"

"你震惊吗？"

"当然！"

"里纳让你干什么？"

"他让我当他的内政部长！"

"你震惊吗？"

"嗯，是的！"

"是局长的请求令你震惊，还是里纳的问题更令你震惊呢？说出你的真实想法！"

"里纳的问题没那么震惊！"

"为什么没有呢？你认为黑手党老大请你为他工作更正常些吗？"

"不，我不是这个意思。在那一刻，里纳不再是黑手党的老大，他就要成为总理了。他是作为总理邀请我的。"

"暂停一下。我们可以从两个角度来看这个事。要么你认为，只要一个人成了总理，那么他之前犯下的一切罪行就都洗清了，包括谋杀和屠杀；要么你觉得，身为警察，就是要为执政者服务，不管他是公正廉洁还是血债累累，是法西斯分子还是共产党人。你是哪一种？"

"等一下！没那么简单！"

"为什么这样说呢？"

"因为接下来坎塔雷拉出现了！"

"那意味着什么呢？"

"那意味着，事实上，我没有答应里纳的请求！"

"但你根本没有张嘴说话！"

"我通过坎塔雷拉说了。他突然出现，拿枪指着我说，如果我接受里纳的请求，他就会杀了我。坎塔雷拉似乎就是我的良知！"

"现在可以看出你身上的一些新东西了！坎塔雷拉是你的良知？"

"你不信？记得有一次记者问我是否相信自己有守护天使，我回答相信。他又问我是否见过，我说见过，我每天都能见到他。'有名字吗？'记者问。我脱口而出：'他的名字叫坎塔雷拉。'我那时当然是在开玩笑，但事后一思量，我竟发现那大半是肺腑之言，而非戏谑之词。"

"结论呢？"

"这个问题应该反过来看。坎塔雷拉的出现，表示我宁可饮弹自尽也不愿接受里纳的提议。"

"蒙塔巴诺，你确定弗洛伊德会这样解释吗？"

"还没明白我在说什么吗？我才不管什么弗洛伊德。现在让我睡一会儿，我眼睛睁不开了。"

※

他醒来时已经九点多了。听不到雷声，也看不见闪电，但外面的天气肯定还是不太好。为什么讨厌起床？他的两处旧伤在隐隐作痛。还有一些小伤，这些本不该出现在他这个年龄的伤痛将他唤醒。他想再睡几个小时。他站起来，走进餐厅，拔掉电话线，回到床上，盖上被子，闭上了眼睛。

※

仅仅半个小时后，他被铃声吵醒了，只好再次睁开双眼。他拔掉电话线了啊，怎么会有铃声呢？如果不是电话，那是什么？

门铃，白痴！他感觉到有一种浓密而黏稠的东西在脑中循环。他看见了地板上的裤子，于是便穿上走到门口，嘴里不住地咒骂着。

是坎塔雷拉，他上气不接下气地喘着。

"啊，头儿，头儿！"

"听着，什么都别跟我说，别说话。我告诉你什么时候可以开口。现在我要回床上再躺一会儿，你去厨房，给我煮一壶浓咖啡，倒进牛奶碗，放三茶匙的糖，然后给我。之后你再讲话。"

当坎塔雷拉端着一杯热气腾腾的咖啡来到卧室时，他不得不将警长推醒。在那十分钟的时间里，他又睡熟了。

是什么事呢？他边呷咖啡边想着，咖啡的味道品尝起来就像菊苣汤。众所周知，人越老，需要的睡眠就越少。为什么偏偏我年纪越大，睡得就越多呢？

"咖啡的味道怎么样，头儿？"

"很好，坎塔。"

他冲进浴室漱口，生怕他会呕吐。

"坎塔，这件事很紧迫吗？"

"挺紧迫的，头儿。"

"好吧，那就给我几分钟时间洗个澡，穿衣服。"

他洗漱干净，衣着整洁地走进厨房，又为自己煮了一壶咖啡。

他回到餐厅，发现坎塔雷拉站在落地窗前的阳台上。他打开了百叶窗。

海水激荡，一直漫到阳台前，强有力的海浪不时击打着阳台。

"我现在可以说话了吗，头儿？"坎塔雷拉问。

"可以了。"

"他们发现了一具尸体。"

啊，好一个发现！竟然发现尸体！显然是一起"白色死亡"案件，"白色死亡"是记者使用的一种说法，指某人突然失踪。但为什么要给死亡赋予颜色呢？白色死亡！仿佛还有绿色死亡、黄色死亡之类的词似的。事实上，如果一个人必须给死神一种颜色，那就只有一个：黑色，如沥青般的黑色。

"是刚刚死的吗？"

"他们没说，头儿。"

"他们在哪里发现的？"

"边界地区，皮佐图洛地区。"

想象一下，一个偏远荒凉的地方，全是悬崖峭壁和参差不齐的乱石。在那里，尸体会有一种回家的感觉，永远不会被发现。

"我们有人过去了吗？"

"是的，头儿，法齐奥和奥杰洛先去了。"

"那你为什么还来打扰我呢？"

"头儿，您要理解我啊。奥杰洛给我打电话让我告诉您。我给您打电话打不通，所以就开着吉普车直接来这里找您了。"

"你为什么要开吉普车？"

"因为普通的车去不了那个地方，头儿。"

"好吧，我们走吧。"

"头儿，他们还让我告诉您穿上靴子和雨衣，找个东西盖住头。"

蒙塔巴诺不停骂着脏话，把坎塔雷拉吓得浑身发抖。

※

暴雨没有变小的迹象。他们几乎在盲目地前进，因为挡风玻璃上的雨刮器已经忙不过来了。到达尸体所在地点的最后几百米简直像过山车加上八级地震。警长脾气更坏了，变成死寂般的沉默。坎塔雷拉很紧张，一路上到处都是已经变成小池塘的浅沟，结果他一个也没躲过去。

"你带救生衣了吗？"

坎塔雷拉没有回答，希望自己就是他们将要去看的尸体。这时，蒙塔巴诺的胃翻了个底朝天，坎塔雷拉煮的令人作呕的咖啡又返到了喉咙和嘴里。

最后，在神灵的保佑下，他们停在了另一辆吉普车旁边，是奥杰洛和法齐奥开的车。唯一的问题是，没看到奥杰洛和法齐奥，也没有尸体。

"我们在玩捉迷藏吗？"蒙塔巴诺问。

"头儿，他们告诉我，看到他们的吉普车就停下来。"

"给他们一个嘟嘟声。"

"什么嘟嘟声啊，头儿？"

"你到底在想什么，坎塔雷拉？喇叭的嘟嘟声？难不成是你的萨克斯高音？按喇叭！"

"喇叭坏了，头儿。"

"嗯，我想咱们得等到天黑了。"

他点燃了一支香烟。等他抽完，坎塔雷拉已经下定决心。

"头儿，我自己去找他们。他们的吉普车在这里，也许他们人就在附近。"

"带上我的雨衣。"

"不，头儿，我不穿。"

"为什么不穿？"

"因为雨衣是便服，我要穿着制服。"

"但在这里会有谁能见到你呢？"

"头儿，制服终究是制服。"

他打开车门，喊了一声"啊"之后就消失了。他消失得太快了，以至于蒙塔巴诺担心他掉进水沟里淹死了。所以，警长也赶紧下车，一眨眼工夫发现自己滑下了泥泞的斜坡，坎塔雷拉在离他大概十米的地方，活像一尊刚用黏土做成的雕塑。

"我一定是把车停得太靠路边了，之前没意识到，头儿。"

"我意识到了，坎塔雷拉。我们怎么从这爬出去？"

"看，头儿，看到左边的那条小路了吗？我过去看看，您可以跟着我，但一定要小心，因为路很滑。"

约五十米以外的地方，小路转向了右边。雨太大，连前方很近的距离都看不清。突然，蒙塔巴诺听到上面有人呼喊：

"头儿！我们在这里！"

他抬起头来。法齐奥站在高处，有三个巨大的台阶通向那里。他撑着一把红黄相间的雨伞，是牧羊人使用的那种。他到底在哪儿找到这样一把伞的？为了爬上台阶，蒙塔巴诺不得不让坎塔雷拉从后面推他一把，再让法齐奥把他拉上去。

我真是不适合活在这世上了，他痛苦地想。

高地原来是一个洞口前的小平台，山洞可以进入。刚一进去，他就震惊了。山洞里很温暖。一堆石头围成一个圈，中间有火在烧着。山洞顶部挂着一盏油灯，足够洞内采光。一个约莫六十岁的人，嘴里叼着烟斗，而米米坐在树枝堆上，他们之间有一张小桌子，也是由树枝堆起来的。他们在打牌，还轮流呷着地上的一瓶酒。这里像是农人打发时间的地方，唯独没有一丝尸体的痕迹。花甲老人向警长打了招呼，米米没有。事实上，在过去的一个月或者更长一段时间里，奥杰洛对什么事都无精打采。

"尸体是这个与奥杰洛打牌的人发现的。"法齐奥指着一个人说，"他叫帕斯夸里·阿杰纳，这里是他的地盘。他每天都来这里。他把这个洞穴整修过六次，这样就可以在这儿吃东西、休息，或者单纯坐坐，看看风景。"

"我能问一下尸体到底在哪里吗？"

"应该是可以的，头儿，在离这儿大约五十米远的地方。"

"应该可以？你是说你还没看到吗？"

"是的。据阿杰纳先生说，我们现在去不了现场，除非雨停了。"

"但是要是咱们走了狗屎运，这雨下到晚上都不会停！"

"大约一个小时后可能会停。"阿杰纳插话说，"我敢保证，至少会停一会儿。之后会继续下。"

"那么，到那时我们该怎么办呢？"

"今天早上你吃饭了吗？"阿杰纳问他。

"没有。"

"你想来点儿新鲜的图马佐奶酪吗？还有昨天刚烤的面包呢。"

蒙塔巴诺终于打开心扉，呼吸了一口新鲜空气。

"来呗。"

阿杰纳站起身来，从墙上的钉子上拿下来一个大包，打开后掏出一块面包、一整块图马佐奶酪和一瓶葡萄酒。他把扑克牌放在小桌上，然后从口袋里拿出一把折叠小刀，把刀打开，放在面包旁边。

"随便吃。"他说。

"能告诉我你是怎么发现尸体的吗？"蒙塔巴诺问道，嘴里塞满了面包和奶酪。

"不行，老兄！"米米·奥杰洛说，"打完这局再说，好歹让我赢一把！"

※

米米又输了一局，所以他想继续第二局，然后是第三局。蒙塔巴诺、法齐奥和坎塔雷拉在火边烤衣服，吃光了入口即化的奶酪，那瓶酒也已经见底。就这样，一个小时过去了。

正如阿杰纳所料，天气见晴了。

2

"怎么回事？"阿杰纳向下看了看说，"本来就在这里的！"

他们在狭窄的小道上肩并肩站成一排，看着一个很陡的、几乎垂直的斜坡。但准确地说，那不是一块土地，而是一种灰黄色的黏土硬板，上面盖着一层诡异的剃须膏样的东西，雨水不能将其浸透。

"本来就在这里！"阿杰纳重复道。

它不见了。长了脚的尸体？

在下坡前往阿杰纳看到尸体处的过程中，彼此间的言语交流有些困难，因为他们不得不连成一串走。阿杰纳在最前头，挂着一根牧羊棍，蒙塔巴诺紧随其后，靠着阿杰纳，手搭在他的肩上，后面分别是奥杰洛和法齐奥。

蒙塔巴诺想起好像在一幅名画中见过类似的场景。布鲁盖尔？还是博世？但这绝对不是思考艺术的时候。

坎塔雷拉是队伍中的最后一人，和其他人不在一个高度上，不敢去靠前面一人的肩膀，因此东倒西歪，撞到了前面的法齐奥，法齐奥碰到了奥杰洛，奥杰洛撞到了蒙塔巴诺，而蒙塔巴诺又撞到了阿杰纳，于是，所有人都险些倒下了，犹如保龄球一般。

"听着，阿杰纳！"蒙塔巴诺恼怒地说，"你确定就是这个地方？"

"警长，这片土地全是我的，我每天都来这里，风雨无阻。"

"我们能谈谈吗？"

"您想谈，我们就谈谈吧。"阿杰纳说，点上烟斗。

"好的，据你所说，尸体就在这儿？"

"什么，你聋了吗？你是什么意思，什么叫据我所说？没错，尸体就在这里，我告诉过你。"阿杰纳说，他用烟斗指着距离他脚下不远的地方。

"所以，尸体是露天的。"

"嗯，是，也不是。"

"此话怎讲？"

"警长先生，这里全是黏土。事实上，这个地方叫科瑞塔鲁，也就是……"

"为什么会有这样的地方？"

"我把黏土卖给那些制作花瓶、水壶、大缸之类东西的人……"

"嗯，继续说。"

"好吧。不下雨的时候——这边一般不下雨，今天是个例外。不下雨的时候，黏土就会被山坡上滑下来的泥土盖住。所以得挖至少三十厘米才能得到黏土。您明白吗？"

"明白。"

"但是下雨的时候，雨下得很大，水就把上面的泥土冲走，于是黏土就露出地表了，这也就是今天早上发生的事：雨水将泥土冲走，尸体露出了地表。"

"所以你是在告诉我，尸体埋在地下，而雨水冲走了泥土，尸体露了出来？"

"是的，这正是我所说的。我去山洞时路过这里，看到了那个袋子。"

"什么袋子？"

"一个大塑料袋，黑色的，装垃圾用的那种。"

"你怎么知道里面装的是什么？你打开了吗？"

"没有，不需要打开。袋子上有一个小洞，一只脚伸了出来，但是所有的脚趾都被割掉了，所以我最初也不太确定那是否是一只脚。"

"割掉了，你是这么说的吗？"

"割掉了，或者被狗咬掉了。"

"我知道了。那你接下来做了什么？"

"我一直走到了山洞里。"

"你是怎么打电话到警察局的？"法齐奥问。

"我的手机放在口袋里，我用手机报的警。"

"你是什么时候发现袋子的？"奥杰洛问道。

"大概六点钟吧。"

"你花了一个多小时才从这里到了山洞，给我们打电话？"奥杰洛有些咄咄逼人地问他。

"请问你什么意思？我电话打晚了？"

"我告诉你什么意思！"米米生气地说。

"我们七点二十才接到你的电话，"法齐奥对那人说，试图进行解释，"是在你发现装尸体的袋子一小时二十分钟之后。"

"你做了什么？确保能够告诉某人过来收尸？"奥杰洛问道。他突然看起来像美国电影里那种恶毒的侦探。

蒙塔巴诺有些担心，他意识到米米是认真的。

"谁说的？你在想什么？我没有告诉任何人！"

"那么你告诉我们，你在那一小时二十分钟里做了什么。"

米米紧紧抓住他不放，像疯狗一样。

"我在想一些事。"

"你花了将近一个半小时的时间才把事情想清楚了？"

"是的，警官。"

"想明白什么呢？"

"打电话报警是否是最好的选择。"

"为什么？"

"因为不管是谁，不管什么时候，只要跟你们条子打交道，最后都没什么好下场。"

"哦，是吗？"米米红着脸，握起了拳头。

"冷静点儿，米米！"蒙塔巴诺说。

"听着，"奥杰洛继续说道，试图找借口把那个人诈出来，"有两条路可以到达山洞，一条是从上面，另一条是从下面，对吗？"

"对的。"

"你为什么带我们走下坡路？好让我们死在这儿吗？"

"因为上山的路不通了。因为这场雨，小路滑得要命。"

他们听到了一声沉闷的隆隆声，所有人都抬头望向天空。云层中间的裂缝开始聚合。他们都在想同一件事：如果他们不马上把尸体找到的话，那就免不了当落汤鸡了。

"你怎么解释尸体的事？"蒙塔巴诺插话问道。

"嗯，"阿杰纳说，"有可能是被水和泥土冲下去的，也有可能是有人带走了。"

"继续说！"米米说，"如果有人来把袋子拿走，他们会在泥里留下一条足迹！但这儿什么都没有！"

"你是什么意思，先生？"阿杰纳反驳道，"你真的认为这场雨之后你还会看到足迹吗？"

在讨论到这个问题时，不知道为什么，坎塔雷拉向前走了一步。于是上演了他当天的第二次"花样滑冰"。他一只脚在黏土上，另一只脚滑到了小路上。法齐奥站在他身边，试图抓住他，但已无济于事。事实上，他这一抓反而给坎塔雷拉推了一把。因此，一瞬间，坎塔雷拉张开双臂，随着他的双脚移动，来了个三百六十度大转身。

"我失去平……"他重重地摔在地上，大声地对其他人嚷嚷道。他好像坐在一个看不见的雪橇上，动能逐渐增加，滑下去的速度就像熟练的雪橇手一样，仰着脸，肩膀紧贴地面，最后停在大约二十米之外的一个斜坡底部，那里有一片灌木丛。坎塔雷拉的身体像子弹一样冲了出去，消失在灌木丛中。

※

所有人一句话都没有说，也没有人动。他们只是站在那里出神。

"过去帮帮他。"过了一会儿，蒙塔巴诺发出命令。

这件事让他气急了，丝毫笑不出来。

"我们怎么下去把他拉出来？"奥杰洛问阿杰纳。

"用同样的方法，能到距离他不远的地方。"

"那我们开始行动吧。"

但在那一刻，坎塔雷拉从灌木丛中出现了。滑下去时，他的牛仔裤和内裤掉了，现在正拘谨地用手遮住私处。

"你有没有伤到自己？"法齐奥喊道。

"没有，但我找到了装尸体的袋子。就在这里。"

"我们用不用下去？"米米·奥杰洛问蒙塔巴诺。

"不用，我们现在知道它在哪里了。法齐奥，你下去把坎塔雷拉拉上来。米米，你去洞里等他们。"

"你呢？"奥杰洛问道。

"我要开吉普车回家。我受够了。"

"你说什么？那调查怎么办？"

"什么调查，米米？如果是刚发生的命案，那咱们待在这儿还有点儿用。但谁知道这个人是何时何地被谋杀的？你得打电话给检察官、和法医。行动吧，米米。"

"但从蒙特鲁萨来这里，他们至少要用两个小时！"

"再过两个小时又要下大雨了。"阿杰纳说道。

"那太好了，"蒙塔巴诺说，"为什么只有我们被淋湿了？"

"在这两个小时的时间里，我们该做些什么呢？"米米绷着脸问。

"玩牌。"警长说。然后，看到阿杰纳走了，他补充说："你为什么给坎塔雷拉打电话，还跟他说我必须到场？"

"因为我以为……"

"米米，你什么都没以为。你想让我来这儿只是为了惹我生气，让我浑身湿透。"

"萨尔沃，你刚刚自己说的，为什么只有法齐奥和我湿透了，而你还躺在床上？"

蒙塔巴诺注意到奥杰洛话里的愤怒。他不是在开玩笑。他到底怎么了？

※

他刚回到马里内拉，外面又下起了瓢泼大雨。午餐时间已经过了，在外面跑了一上午，他只想找点儿东西填肚子。他走进浴室，换下湿透的衣服，匆匆走进厨房。阿德莉娜已经为他准备了意面，还有兔肉砂锅。她很少做这样的饭菜，但每次做都会让他流下幸福的泪水。

※

法齐奥回到警局时，天已经黑了。他一定是先回了趟家，洗了澡，换好了衣服。显然，他疲惫不堪。在科瑞塔鲁的一天并不轻松。

"米米在哪儿？"

"回家休息了，头儿。他感觉有点儿发烧。"

"坎塔雷拉呢？"

"他也回家休息了。他的体温已经超过三十七度八了。尽管这样，他还是想过来，但我叫他回家休息了。"

"你们把尸体弄回来了吗？"

"您知道吗，头儿？当我们回到科瑞塔鲁时，天又下起了倾盆大雨。法医队、检察官、帕斯夸诺医生以及抬担架的人和我们一起冒着雨在坎塔雷拉说发现袋子的灌木丛里寻找，结果它消失了。"

"见鬼！尸体又不见了！它会去哪里了呢？"

"泥水把它冲到了十米以外的地方。但是袋子的一部分被撕破了，所以有几块碎片。"

"碎片？什么碎片？"

"尸体被放进袋子之前，已经被切成小块了。"

所以，阿杰纳所见所言是对的：脚趾都被割掉了。

"你们做了什么？"

"我们必须等可可从蒙特鲁萨过来。"

"谁是可可？我从来没有听说过他。"

"可可是一只狗，一只非常好的狗。它找到了从袋子里掉出来散落各处的五块尸体碎片，包括头部。之后，帕斯夸诺医生表示，他觉得找全了。所以我们终于可以离开了。"

"你亲眼看见头了吗？"

"我看见了，但完全辨认不出来。面庞血肉模糊，被铁锤、木锤或其他重物反复击打过。"

"他们不想让人立刻辨认出来。"

"毫无疑问，头儿。因为我还看到右手的食指被切掉了。整个指尖都被烧掉了。"

"你知道那意味着什么吗？"

"当然了，头儿。我们可以通过受害者的指纹辨别出他的身份，所以他们采取了必要的措施。"

"帕斯夸诺能够确定他是多久以前被杀的吗？"

"他说，至少两个月前。但之后还需要详细化验。"

"你知道他什么时候开始做吗？"

"明天早上。"

"这两个月中就没有哪个人的失踪报告吗？"

"有两种可能，头儿。要么没有报告，要么有报告。"

蒙塔巴诺挤出一个违心的钦佩表情。

"干得好，法齐奥！你听说过拉·巴利斯伯爵吗？"

"没有，头儿。他是谁？"

"一个在他死前十五分钟还活着的人。"

法齐奥立刻明白了。

"好了，头儿！您还没听我说完呢！"

"好吧，你继续。有那么一瞬间，我还以为你已经被坎塔雷拉传染了呢。"

"我的意思是，可能有人报告过死者的失踪，只是我们不知道是哪一位死者。"

"我明白你的意思。我们唯一能做的就是等，等到明天，看看帕斯夸诺能告诉我们些什么。"

※

一回到家，电话就响了，他正努力转动着钥匙。

"嗨，亲爱的，最近还好吧？"

是利维娅，她的声音听起来很欢快。

"我度过了一个艰难的上午。你呢？"

"我很好。我今天没去上班。"

"哦，真的吗？为什么没去呢？"

"不想去。这个清晨如此美丽，去上班实在是太浪费了。你应该出去看看太阳，萨尔沃，然后你的心情就会像阳光一样了。"

"你做了什么？"

"我出来玩得很开心。"

"嗯，为你开心。"

既然已经溜出来了，利维娅就没必要再回去了。

※

过了一会儿，他还是心情不好，于是坐下来看电视。椅子旁边的扶手椅上放着两个盘子，一个装满青橄榄、黑橄榄和腌沙丁鱼，另一个装满了奶酪。他给自己倒了一杯酒，把瓶子放在自己能够得着的地方，以便喝完了续杯。然后，打开电视。

电视上出现的第一个画面是一部在某亚洲国家的雨季拍摄的电影。什么？外面真洪水都泛滥了，还要我看电视里播的假洪水？他换了频道。还是电影。一个女人光着身子躺在床上，睫毛一眨一眨的，一个年轻男子正在脱衣服，只能看到背影。当他脱下裤子时，女人的眼睛睁得大大的，她把一只手放在嘴上，对所见之物表现得非常惊讶。他换了频道。总理正在解释为什么意大利经济正深陷泥潭：第一个原因是世贸中心遭到恐怖袭击，第二个原因是太平洋海啸，第三个原因是欧元，第四个原因是……他换了频道。一位红衣主教在谈论神圣的家庭制度。坐在观众席第一排的是政客，其中两人离婚了，另一个在离开妻子和三个孩子之后与未成年少女同居了，第四个人家里一杆红旗不倒，家外两面彩旗飘飘，第五个人从未结过婚，因为他不喜欢女人，这是大家都知道的事。他们都郑重其事地点头同意红衣主教的话。他换了频道。屏幕上充满了皮波·拉贡涅丝像鸡屁股一样的脸，他是维加塔卫视当红的新闻记者。

"……因此，发现一名被害者遗体，被残忍地切成小块，放在一个垃圾袋里。这件事有好几个地方令人揪心。但最主要的原因是，调查已经分配给维加塔警局的萨尔沃·蒙塔巴诺警长。我们之前也有幸，或者说不幸有机会关注过他的事迹。我们之所以批评他，不在于他的政治观点——事实上，他说的每句话都浸透着共产主义的味道，而在于他在调查过程中毫无想法。或者说，每当他有了想法，那个想法也总是荒唐古怪，毫无根据。所以，我想给他一些建议。但他会听到吗？建议如下：就在两周前，在一个被称为科瑞塔鲁的地方发现了尸体。一个猎人见过两个装着被切碎的两头小牛的塑料袋。这两个事件之间没有联系吗？是否可能与邪恶的仪式相关？"

他关掉电视。仪式个头！我们不仅发现在距离科瑞塔鲁近一公里远的地方有两个袋子，还发现它们是因为不符合屠宰资质而被监管部门丢弃的。

他躺在床上，厌倦了所有的事情。但在躺下之前，他吃了一片阿司匹林。上午全身被浇透，岁数也不饶人了，还是加点儿小心，吃上药比较好。

※

次日早上，经过一夜不太安稳的睡眠，警长醒来后打开窗户，精神焕发。阳光犹如七月的天空一样，澄净清澈，闪闪发光。在过去的两天里，沙滩上全都是海水；现在，海水退去，沙滩上散落着垃圾袋、空瓶子、盒子、塑料袋以及其他各种垃圾。蒙塔巴诺回想起了以前，当海水退去时，留下的是芬芳的海藻和美丽的贝壳，就像大海馈赠给人类的礼物。现在，大海只留下了我们自己制造的垃圾。

他还记得自己年轻时读过的一部喜剧，名字叫《洪水》。故事里说，下一次大洪水不仅仅是来自天上的雨水，还包括所有地面积蓄的水、厕所污水、污水池的水、粪池里的脏水，这些污水会源源不断地涌入洪潮，直到我们都被淹没在自己制造的污水之中。

他从阳台上走出去，来到了海滩上。

阳台瓷砖地板下面的水泥板与沙滩之间堆满了垃圾，包括一条狗的尸体。

他像个疯子一样咒骂了一番，然后回到屋里，戴上一双洗碗用的清洁手套，抓起一个不知道阿德莉娜拿来干什么用的钩子，再次来到海岸边，趴在沙滩上开始清理。

十五分钟之后，肩部一阵剧痛击中了他。为什么他要在这个年纪干这些活儿？

我真的可以这么糟糕吗？他困惑。

然而，他却一副骄傲的样子继续回去工作，哪怕浑身剧痛！当他把所有垃圾都装进两个大袋子里时，他身上的每一块骨头都在疼痛。他脑海里闪过一个想法，必须去实施。他走进房间，端端正正地在一张白纸上写道：狗屎！他把这张纸装进其中一个袋子里，然后把它们扔进了汽车后备厢。他回屋洗了个澡，穿好衣服，然后开车离开了。

3

在一个叫拉图萨的小镇外面，他发现了一个电话亭，从车上走下来，拨了一个号码。神奇的是，电话竟然打得通。

"是新闻记者皮波·拉贡涅丝吗？"

"正是本人。你是？"

"我叫卢梭，路易西诺·卢梭。我是一个猎人。"蒙塔巴诺捏着嗓子说。

"有什么能帮你的，卢梭先生？"

"又发生了。"警长鬼鬼祟祟地说。

"不好意思，请问又发生了什么事？"

"就是你昨天晚上在电视上报道的那种罪恶的事。我又找到了两袋。"

"真的吗？"拉贡涅丝问道，他立刻来了兴致，"你在哪里找到的？"

"就在这里。"蒙塔巴诺说，他在卖关子。

"这里是哪里？"

"就在我在的地方。"

"是啊，但是你在哪里？"

"在斯巴瑞左拉区，就在四棵大橄榄树旁边。"

就是说，距离记者家大约五十公里处。

"我应该做什么？打电话报警吗？"蒙塔巴诺问。

"不，没有必要，我们可以一起处理。你等一会儿，我马上就到，请你不要告诉其他人，这很重要。"

"你自己来吗？"

"不，我还要带一个摄像师。"

"他会拍我吗？"

"你什么意思？"

"他会给我照相吗？我会上电视吗？我哥们儿能不能看到我？我想好好炫耀一番。"

他回到车上，来到斯巴瑞左拉，在四棵橄榄树下放下了那两个垃圾袋，然后开车走了。

※

来到警局后，他发现坎塔雷拉来了。

"你不是发烧了吗？"

"好了，头儿。"

"怎么好的？"

"吃了四片阿司匹林，然后喝了一杯烈酒，躺在床上，用被子把自己盖得严严实实的。现在已经退烧了。"

"谁在这儿？"

"法齐奥还没来，奥杰洛说他还是有点儿发烧，今天上午晚点儿再过来。"

"还有什么消息吗？"

"有位先生想和您谈谈，他的名字是……等等，我把它写下来记在哪儿了，我怎么给忘了，等等，在这儿，他叫贾凯塔。"

"你觉得这个名字不好记？"

"有时候就是记不住，头儿。"

"好吧，我进去后让他来我的办公室。"

※

进来的人年约四十，衣冠楚楚，风度翩翩，头发一丝不乱，留着八字胡须，戴着一副眼镜。一个标准的银行职员。

"请坐，贾凯塔先生。"

"贾凯蒂，我的名字是法维奥·贾凯蒂。"

蒙塔巴诺在心里暗骂自己，他怎么能相信坎塔雷拉告诉他的名字？

"我能为你做些什么，贾凯蒂先生？"

那个人坐了下来，仔细地抚平裤子上的褶皱，然后摸着胡子。他向后靠在椅子上，看着警长。

"嗯？"蒙塔巴诺说。

"说实话，我不确定来这里是否正确。"

他碰上了一个优柔寡断、疑神疑鬼的家伙。警局最讨厌的就是这种人。

"听着，我帮不了你。一切都取决于你自己。这不是智力竞猜节目，他们能给你小提示，我们不能。"

"我昨晚亲眼目睹了一件事……就是这样，我不知道那是什么，我真的不知道该怎么定义它。"

"如果你决定告诉我，也许我们可以一起得出一个定义。"蒙塔巴诺说，他已经开始觉得烦了，"要是你不打算告诉我，慢走不送。"

"……起初，对我而言，他看起来像是一个肇事逃逸的司机。你明白我的意思，不是吗？"

"是的。至少我可以区分肇事逃逸的司机和上完就跑的渣男……你知道的，就是那种带着色眯眯的眼神和一本黑色小书的。听着，贾凯蒂先生，我没有太多的时间可以浪费。我们从头开始，可以吗？我会问你几个问题，给你热热身。"

"好的。"

"你是本地人吗？"

"不是，我来自罗马。"

"你来维加塔干什么？"

"三个月前，我成了联合银行的分行经理。"

警长是对的。这个人肯定是干银行的，一眼就能看得出来。那些在大银行之类的财富殿堂操纵着他人钱财的人，他们的言谈举止渐渐会培养出一种严肃拘谨的气质，就像牧师一样，适合从事一些神秘的仪式：洗钱活动、高利贷合法化、使用秘密账户和非法资本输出。简而言之，他们养成了某种职业上的畸形，就像殡葬者一样，每天都在处理尸体，最终，他们自己看起来也像是行尸走肉一般。

"你住在哪里？"

"在找到一间像样的公寓之前，我和妻子住在蒙泰雷亚莱路的一栋房子里，房子是我岳父岳母的。这里是他们的家乡，他们暂时把房子借给我们住了。"

"那好吧，请你告诉我发生了什么吧。"

"昨天半夜，大概凌晨两点左右，我妻子要生了，所以我开车送她去蒙特鲁萨医院。"

那人终于开口了。

"我们刚要离开维加塔，我注意到，在前大灯的光照下，一个女人走在我车前面，背对着我。此时，一辆车从我车旁边急速驶过，经过时轻轻划到了我的车。车子像是在转弯，然后目标直指那个女人。她很快意识到了危险，可能是听到了发动机的声音，她往右边一跳，掉进了沟里。车子停了几秒钟，然后又疾驰而去了。"

"所以车子并没有撞到她？"

"没撞到，她躲开了。"

"你做了什么？"

"我停了下来，虽然我的妻子在哭，她那时的状态很糟糕，我下了车。那个女人站了起来。我问她有没有受伤，她说没有。我提出请她上车，带她进城，她接受了。在路上，我们一致认为，司机一定是喝多了，那就是一场愚蠢的闹剧。她跟我说了下车地点，后来就下车了。然而，在她离开之前，她恳求我不要把看到的事情告诉任何人。看她那样子，就像是刚偷情回来一样……"

"她有没有解释自己晚上一个人出去干什么？"

"她提了一下……她说她的车熄火了，无法发动。但后来她才意识到，是因为汽油用完了。"

"后来怎么样了？"

法维奥·贾凯蒂看上去很困惑。

"那位女士吗？"

"不，你妻子。"

"我不……不太明白……"

"你们有孩子了吗？"

法维奥·贾凯蒂笑了笑。

"是个男孩。"

"恭喜你。告诉我，你觉得那个女人多大了？"

"三十岁左右，警长。她身材高挑，皮肤黝黑，浑身散发着魅力，虽然她很心烦意乱，但依旧很迷人。"

"她到哪里去了？"

"在萨普塔路和古图索路的交叉口。"

"你仅仅在这里住了三个月，就已经对维加塔镇的所有街道了如指掌了？"

法维奥·贾凯蒂红了脸。

"没有……只是……当那女人下车时……我注意了一下街道的名字。"

"为什么？"

法维奥·贾凯蒂的脸更红了。

"那个，你懂的……本性使然……"

好一个本性使然！法维奥·贾凯蒂注意到那条街，因为他被那个女人迷住了，想再见她一次。一个忠诚的丈夫，一个慈爱的父亲，也是一个潜在的偷情者。

"贾凯蒂先生，你最初以为那是一次肇事逃逸事件，而在和那个女人交谈过后，你们都认为那是一个危险、愚蠢的闹剧。现在，你又在这里跟我讲这些。为什么？你又改变主意了吗？"

法维奥犹豫了一下。

"好吧，并非我……但有一些事……"

"你想不明白的事？"

"嗯，我在医院等埃琳娜生产的时候，又想了想发生的事……没有任何特别的缘由，只是为了分散自己的注意力……当那辆朝那个女人冲过去的车急刹车时，我本能地减速……我看到车子副驾驶那边有人从窗户探出身子，对沟里的女人说了些什么……然而，从逻辑上讲，他应该匆忙离开，没有必要冒风险，比如说，我有可能记下他的车牌。"

"你记下了吗？"

"是的，但是我忘记了。开头是 CE。或许我再看到那辆车会想起来。我有种感觉，但不确定……"

"告诉我。"

"印象中，那个女人之所以跟我说刚刚发生的事情，只是因为我看到了那一幕并就此事发表我自己的看法。我不知道是否说清楚了。"

"你已经说得很清楚了，那女人不想深入谈论这件事。"

"是这样的，警长。"

"最后一个问题。你说你依稀记得车子上的男人对女人说了些什么……你能进一步解释一下你为什么会有这样的印象吗？"

"因为我看见他的头从副驾驶那一侧的车窗伸了出去。"

"有没有可能是他停下来查看女人的状况呢？"

"我把这种情况排除了。我越琢磨就越确信他对她说了些什么。他还做了手势，好像在强调什么。"

"什么样的手势？"

"我没看清楚，但我确实看见他的手在窗外，这点我可以肯定。"

"但是那个女人没有告诉你他对她说了什么。"

"是的。"

※

他把贾凯蒂的话又给迟到的法齐奥讲了一遍。

"头儿，也许那个酒驾者只是想吓唬一下那个女人，假装要撞她。"

"所以你认为这是一个恶意的玩笑？请注意，这个漂亮的外国女人也试图说服银行家这样想。"

"您不同意？"

"让我推测一下。难道这不可能是一次谋杀未遂吗？"

法齐奥看起来有些怀疑。

"在目击者面前，头儿？贾凯蒂刚好在他身后。"

"法齐奥，如果他撞到了她，贾凯蒂会怎么做呢？"

"嗯，首先，他可能会记下车牌号码。"

"如果那是一辆偷来的车呢？"

法齐奥没有回答。

"整件事让我感到心烦意乱。"蒙塔巴诺继续说道。

"为什么？"

"因为他没有撞她，法齐奥。他想吓唬她，不是开玩笑那种。他停下来对女人说了些什么，然后就离开了。而女人则尽一切可能淡化此事。"

"头儿，如果事情是您说的这样，有没有可能车上的那个人是被抛弃的情人或追求者。"

"也许吧，这就是我的烦恼。他可能会再次严重伤害或杀死她。"

"您想让我调查吗？"

"是的，但是不要在这件事上浪费太多时间。整件事最终可能没有任何结果。"

"这位女士在哪里下车的？"

"在萨普塔路和古图索路的交叉口。"

法齐奥惊了一下。

"怎么了？你不喜欢古图索？"

"我不喜欢那个社区，那是富人住的地方。"

"你不喜欢有钱人吗？怎么会呢？你曾经指责我是一个愤怒的共产主义者，而现在你……"

"与共产主义无关，头儿。事实是，有钱人总是很麻烦，他们很难对付，你只要多说一个字，他们就会拒不开口。"

"哦，头儿，思蒂小姐的电话，她想和您谈谈。"

"哪个思蒂？"

"您在跟我开玩笑吧，头儿？"

"不，坎塔雷拉，我没有。我不想和她说话。"

"您确定吗，头儿？"

"我确定。"

"要我告诉她您现在不在吗？"

"随便你，怎么说都行。"

警长刚决定吃点儿东西，米米·奥杰洛就进来了。他看上去休息得不错，但却很沮丧。

"你觉得怎么样了，米米？"

"我还有些发烧，但感觉好多了。我想知道你打算做什么。"

"什么？"

"萨尔沃，别装糊涂，我指的是袋子里的尸体。咱们把事情搞搞清楚，免得闹误会。这个案子是你接还是我接？"

"对不起，我不明白。谁是这个部门的负责人，是你，还是我？"

"如果你这样说的话，那咱们就没什么好说的了。这个案件由你负责。"

"米米，我能问一下你怎么了吗？我最近没有让你放手干吗？我没有给你更多的空间吗？你这是怎么了？"

"是的。过去你总是什么事都要干涉，现在你倒是没那么多事儿了，其实你让我办了不少案子。"

"那你为什么要这样？"

"是的，案子办了不少，但调查的都是鸡毛蒜皮的小事，超市失窃、邮局抢劫……"

"那卡里医生的谋杀案呢？"

"算了吧！我们几乎是当场就把卡里夫人逮捕了，她手里的枪还有温度呢！净是这种调查！这个案件不同。袋子里的尸体是会让人重燃工作热情的。"

"所以呢？"

"我不希望你先把案子交给我，然后再摘了桃。我想要一个明确的协议，好吗？"

"米米，我不喜欢你和我说话的方式。"

"再见，萨尔沃。"奥杰洛说道，然后转身离开了房间。

米米到底怎么了？一个月以来，他心情一直都不好，整个人精神紧张，沉默寡言，一触即跳。有些时候，你可以明显看出他不在状态，心思都跑到爪哇国去了。显然，他有心事。这会不会是与贝巴的婚后生活带来的呢？起初，他似乎很高兴，尤其是在儿子出生的时候。利维娅一定可以告诉他一些事。她和贝巴已经成了很好的朋友，经常保持电话联系。

他离开了警局，前往恩佐餐厅。然而，在路上，他意识到他和米米的谈话已经让他失去了食欲。这肯定不是他们第一次争吵，有好几次场面很难看。然而这一次，他注意到米米的语气有所不同。他真正的目的不是为了确定谁来接这个案子。绝对不是，是为了别的东西：米米就是想找他的碴儿。就像他前一天对阿杰纳所做的一样。米米想发泄一下，找一个借口，吐出体内所有的黑胆汁。

回到家后，蒙塔巴诺来到阳台上，像蜥蜴一样躺在阳光下。

※

那天下午回警局前，他打了个电话给坎塔雷拉。

"帕斯夸诺医生找我了吗？"

"没有，头儿。"

他挂了电话，又拨了一个号码。

"我是蒙塔巴诺，是帕斯夸诺医生吗？"

"嗯，他在这儿，警长。但是，我不知道他是否能来接电话，他正在工作。"

"试试看。"

等待的时候，他默念了一遍七的乘法，这对他来说是不容易的。

"你这干的是什么事，警长！你到底想做什么？"帕斯夸诺开口说话了，还是尽人皆知的帕斯夸诺式文雅腔调。

"你验尸了？"

"哪一个？被撕开喉咙的小女孩？淹死的摩洛哥人？还是被枪杀的农民？"

"被切成碎片、装在垃圾袋里的人。"

"做了。"

"你可不可以……"

"不行。"

"如果我半小时后过去，能结束吗？"

"一个小时吧。"

※

他去找帕斯夸诺时，助理说医生还在忙，让警长在办公室里等他。

首先映入蒙塔巴诺眼帘的是帕斯夸诺办公桌上的美食美酒，在文件和谋杀受害者的照片之间，有一个纸板的糕饼店托盘，上面放着奶油角，旁边是一瓶葡萄酒和一只玻璃杯。帕斯夸诺酷爱甜食。警长弯下腰闻了闻，奶油角还是新鲜的。于是，他往杯子里倒了一点儿甜葡萄酒，拿起奶油角，一边吃着，一边透过敞开的窗户欣赏风景。

太阳照亮了山谷中的色彩，与远处的蔚蓝大海形成了鲜明的对此。无论是上帝，还是其他任何创世者，此时在他眼里都是一个稚嫩的画家。地平线上，一群海鸥在嬉戏，仿佛吵吵闹闹的游行队伍。它们俯冲，转身，向上，像是在进行一场特技飞行表演。他看得出了神。

吃完第一个奶油角，他又拿了一个。

"看来你没把自己当外人。"帕斯夸诺说着抓起一个奶油角。

两个人各自吃着，处于一种僧侣式的沉默之中，嘴角抹上了奶油干酪。当地的习俗是，奶油必须用舌头缓慢地转圈舔干净。

4

"医生，有什么要告诉我的吗？"他们喝了些甜葡萄酒后，警长问道。因为只有一个杯子，两人只好你一口我一口地轮着喝。

"关于什么？国际形势？还是我的痔疮？"

"关于袋子里的尸体。"

"哦，那件事啊，那可是一个漫长而艰巨的过程。首先，我必须完成拼图。"

"拼图？"

"我必须把尸体拼凑在一起，我的朋友。还记得吗？尸体已经被肢解了。"

"我知道。"蒙塔巴诺咧着嘴，笑着答道。

"你觉得很有趣吗？"

"不，我觉得你用的动词很有趣。"

"肢解？你不喜欢吗？如果你喜欢的话，我可以用其他词，比如说，切碎、破碎、屠宰……"

"我们就用'切碎'吧。切成了多少块？"

"相当多。他们在'屠宰'时不遗余力。工具是一把斧头和一把很大、非常锋利的刀。他们先杀了他，然后……"

"怎样？"

"一枪打在头骨底部。"

"什么时候？"

"大概是两个月前，最多两个月。然后，他们烧掉了他的指尖。之后，他们开始工作。怀着宗教式的耐心，他们切掉了他所有的手指和脚趾，割掉了两只耳朵，然后把他的脸砸得面目全非，拔下他所有的牙齿，让我们无法找到，又砍下他的头、双手、双腿——一直到腹股沟、右臂，只有左臂还保留着。这难道不奇怪吗？"

"你的意思是，这是屠宰，像对待动物那样？"

"不过，他们留下了左胳膊。我不知道他们为什么不把它一起切掉。为什么要留着呢？"

"你有没有发现什么方便识别的东西？"

"什么也没发现。"

"说到这儿，医生，性方面怎么样？"

"还好，非常感谢。没什么好担心的。"

"你想哪儿去了？我的意思是，他们也切了他的性器官吗？"

"如果他们没切掉的话，我会提到的。"

"他多大？"

"大约四十岁。"

"多高？"

"至少一米七八。"

"不是欧洲人吧？"

"是，和我们一样！"

"胖还是瘦？"

"身材适中。"

"你还能告诉我些别的吗？"

"可以。他被杀的时候还没有排便。"

"这很重要吗？"

"当然重要。因为我们在他的胃里发现了一些可能很重要的东西。"

"是什么？"

"他吞下了一颗义齿。很有可能是在他吃东西的时候，义齿松了，他不小心吞了下去。"

警长思考了一会儿。

"义齿有没有可能是在他们撕他嘴时掉进胃里的呢？"

"不会，如果是那样的话，它会留在嘴里或喉咙里。人死后是不能吞咽的。他应该是在受害前吞下去的。"

"你是怎么处理的？"

"我立刻把它送到了取证实验室。不过，你知道的，他们的报告结果得等上几个月。"

"的确是。"蒙塔巴诺沮丧地说。

"别指望他们告诉你受害者牙医的名字了。"

"是的。"蒙塔巴诺重复道，更惆怅了。

"还要再来一个奶油角吗？"

"不用了，谢谢。我会再来看你的。"

"你会吗？我希望再也见不着你！"医生说着，又拿了一个奶油角塞进嘴里。

※

帕斯夸诺告诉了他一些重要的事。那个人被一枪打在了头骨下方，死了。这是一种执行死刑的方式。捆着手脚，这可怜的家伙已经被迫跪下，手和脚都被捆绑着，刽子手一枪击中了他的大脑。

就像黑手党在留记号一样。

但问题仍然存在。所有的问题。他是谁？为什么被杀？凶手为什么要如此大费周章让人无法认出他？为什么把他切成这么多块？事实上，这样反而不方便移动尸体。明明还有很多种其他方式可以达到目的。比如说，把尸体泡进硫酸里溶解。还有，为什么他们把尸体埋在科瑞塔鲁的表层土下面？难道他们不知道只需一次大雨，袋子就会被冲刷出地面吗？五十米远的地方就有一处石峰，只要把袋子埋在下面就永远不会被发现。

很明显，杀手想让尸体在一段时间后被发现。

※

"喂，头儿，头儿！法齐奥说您一回来就告诉他，我去告诉他您已经回来了。"

"好的，告诉他我回来了，让他来我办公室。"

法齐奥立刻就过来了。

"你先别说话，让我先说。我去见过帕斯夸诺了。"

他把医生说的话都告诉他了。

"所以，总之呢，"法齐奥说，"受害者是一个四十岁的男人，一米七八，身材不错。没什么可兴奋的。我要开始查找失踪人士报告了。"

"你想对我说什么？"

"头儿，您想了解的那个女人名叫多洛雷斯·阿尔法诺。三十一岁，已婚，无子女，住在维亚古托索十二号。她是外国人，可能是西班牙人。她二十岁时，阿尔法诺在国外遇到了她并向她求婚，最后娶了她。事实上，她是一个非常漂亮的女人。"

"你见过她吗？"

"没有，但是每个跟我谈论她的人都会赞美她的长相。"

"她有汽车吗？"

"有。一辆菲亚特。"

"她是干什么的？"

"没有工作，是个家庭主妇。"

"那她丈夫呢？"

"在船上。他跑集装箱船，是个水手。他过去几个月都不在意大利。他们说，如果她的丈夫一年能够回家四次，那就算是频繁的了。"

"因此，理论上来讲，这个可怜少妇的'饥渴'也是被迫的。你听到过关于她的负面消息吗？有没有人提过她在丈夫出海时不忠？"

"我听到过一些矛盾的消息。有一两个人认为，多洛雷斯夫人是一个精明的荡妇，从不会在幽会时被发现。有人觉得，她这么漂亮，就算有情人也没什么错，因为她的丈夫总是不在家。然而对于大多数人而言，她就是一个善良的女人。"

"听起来好像你搞了一次公民投票！"

"但是，头儿，男人就是喜欢这样谈论女人！"

"但这些基本都是无稽之谈，流言蜚语而已。别谈论她了。也许试图从她下手展开调查真的只是一个愚蠢的玩笑。"

"其实……"法齐奥说。

"其实什么？"

"如果您允许的话，我想多去了解一下这个女人。"

"为什么？"

"我很难解释，头儿。有人跟我说的一些事，让我感到好奇。类似头脑中的灵光一现，或者一个闪念，转瞬即逝那种。我不记得那是一个词还是一个短语，也许是他说那个词或者短语的方式，也许只是一个沉默的凝视，但对我来说似乎很重要。"

"你一点儿也不记得那个人是谁了？"

"我很难记得住，头儿。我和十来个人谈过，有女的也有男的。我不能再回去问他们同样的问题。"

"你认为怎样做合适就怎样做吧。"

※

打电话给取证实验室的负责人万尼·阿克总是很痛苦。警长一点儿也不喜欢他，并且这种感觉得到了事实的印证。

但他别无选择。因为如果他不亲自给阿克打电话，阿克就不会给他任何信息。拿起听筒之前，蒙塔巴诺深吸了一口气，仿佛要潜水一样，一直重复对自己说："这没什么难的，萨尔沃，放轻松……"

他拨了电话号码。

"阿克吗？我是蒙塔巴诺。"

"你要干什么？听着，我没时间可以浪费。"

"今天早上我听说……"为了让自己不发火，他咬紧牙齿，以至于说话发出的声音听起来很奇怪。

"你为什么要这么说话？"

"哪样？我平常怎么说话，现在就怎么跟你说话。我听说今天早上帕斯夸诺医生给你送来一颗他发现的义齿。"

"是的，他送来了。那又怎样呢？再见。"

"不，对不起……但是，如果可能的话，我想……快一点儿……我知道你工作很忙……但你知道……我……"

他努力让自己表现得友好些，尽量控制自己，不和阿克起争执，他甚至连句子都说不连贯了。他对自己感到愠怒。

"义齿不在我们这里了。"

"在哪儿？"

"我们把它送到巴勒莫了，罗曼斯克拉教授的实验室。"

阿克挂了电话。蒙塔巴诺慢慢擦去额头上的汗水，再次拨通了那个号码。

"阿克吗？"蒙塔巴诺再次问道，"真的很抱歉再次打扰你。"

"请讲。"

"如果可以的话，我忘了一件重要的事。"

"什么事？"

"去你妈的！"

他挂断了电话。如果他没有摆脱之前的情绪，晚上可能会失眠。然而，不管怎样，事实是，义齿在罗曼斯克拉教授手里是个好消息。教授是一位权威人士，警长一定能从他那里获得一些信息。此外，警长和他的关系一直很好。但现在，有一点很清楚：即使运气特别好，案子还能向前推进，那进度也快不了。

※

回到马里内拉后，他在家里踱步了一个小时左右。在准备看电视之前，他决定先给利维娅打个电话，为前一天晚上和她争吵的事道歉。

"啊，伟大的蒙塔巴诺要向我道歉。"利维娅生气地说。

如果利维娅以这种语气开始谈话，那这通电话会如何结束呢？是两个人互相挖苦吗？他现在该怎么办？反唇相讥？不，最好是把气氛缓和下来，再看看她为什么如此抓狂。

"亲爱的，你必须相信我，我之所以没早点儿给你打电话，是因为……"

"但我给你打电话了，你不肯和我说话！全能的上帝竟然找不到时间和我说说话！"

蒙塔巴诺欲言又止。

"你给我打电话？什么时候？"

"今天早上，打到你办公室去了。"

"或许他们接了电话却没有把电话给我……"

"但是他们叫你了！他们肯定叫了！"

"你确定吗？"

"我和坎塔雷拉通话了，他告诉我你很忙，不能接。"

他突然想起，坎塔雷拉曾告诉他，有一位叫"思蒂"的女士找他……

"这是个误会！坎塔雷拉没告诉我那是你。他只说有一位思蒂女士。你知道的，思蒂有'女朋友'的意思，但也有人就姓这个！我不认识哪个叫思蒂的年轻女性。"

"我们忘了这件事吧。"

"利维娅，理解理解我吧。这是一个简单的误会！重点是，你从不打我办公室的电话。你想告诉我什么？"

"我想让你今晚给我打电话，因为我有重要的事情跟你谈。"

"好，我不也这么做了吗？我主动给你打电话。那么这件重要的事是什么？"

"今天早上出门上班前，我接到贝巴的一通电话，时间很长。她生你的气了。"

"贝巴吗？生我的气？为什么？"

"她说你对米米很不好。"

"奥杰洛究竟对贝巴说什么了？"

"你是说没这回事儿？"

"米米最近变得很暴躁，我们之间有些争吵，但没有什么严重的事……我对他不好？他才是那个很难应付的人，其实我本来打算问你，贝巴有没有跟你提过米米为什么这么暴躁。"

"所以你不知道他为什么这么暴躁？"

"我向你保证，我不知道。"

"你忘记了吗？过去一个月的时间里，你总是派他深夜里出去巡视，每隔一天就出一次勤。"

蒙塔巴诺嘴巴张了张，什么也没说。

利维娅到底在说什么！她在胡说吗？

他们上个月只有一个晚上出去巡视了，并且是法齐奥一个人去的。

"你不想说点儿什么吗？"

"嗯，只是……"

"那我继续说。比如说，有一天晚上，米米回家后有点儿发烧，因为在雨中淋了一天，为了找到装在袋子里的尸体……那是真的还是假的？"

"嗯，是真的。"

"接着，他刚吃完晚饭想上床睡觉，你就给他打电话，硬要他再穿上衣服，还在外面过夜。你不觉得你有点儿像虐待狂吗？"

发生什么事了？为什么米米要跟贝巴讲这些瞎话？不管是什么情况，现在最好让利维娅相信米米所说的是真的。

"好吧，我承认……但这不是虐待狂，利维娅。事实上，没有几个人是我真正能信得过的……无论如何，安慰一下贝巴吧。告诉她再耐心一点，我一找到新的人手，就绝对不会再让米米出去了。"

"这是承诺吗？"

"当然是。"

这次，电话没有在争吵中结束。因为无论利维娅说什么，他都像个机器人一样表示赞同。

※

在和利维娅交谈后，他感到非常虚弱，身子动不了。他仍然站在小桌子旁边，手里拿着听筒。他的身体有些麻木。清醒了一下之后，他拖着双脚走到阳台上坐了下来。不幸的是，这些秘密的谎言只有一个可能的解释。因为大家都知道，米米不喝酒，不赌博，不会跟坏人同流合污。他只有一个缺点，如果那算是缺点的话。毫无疑问，经过近两年的婚姻生活，米米已经厌倦了每天晚上都和同一个女人睡觉，他又恢复了以前放荡的生活方式。在和贝巴结婚之前，他生活中的女人接连不断，显然，他又回到以前的生活了。他找到了一个完美的借口欺骗妻子不在家过夜。

然而，他没有想到贝巴会把这件事告诉利维娅，而利维娅又会把这件事告诉他的上司。但还有一个问题，米米为什么这么生气？他为什么对每一个人都很恼怒？过去，他和一个女人风流过后，上班时都像猫咪饱餐后炫耀一番。因此，这段新关系对他来说一定是负担。他的心悬着。也许是因为在这之前，他没有必要应付任何人；而现在，当他回家时，他要被迫跟贝巴说谎，欺骗她。他一定有一种以前从未想到过的感觉：强烈的内疚感。

总之，他必须介入，尽管这是他最不想做的事。没有回旋的余地，他必须这样做，不管他想不想。如果他不那样做的话，米米就会一直在外面过夜，并且会说这是上司的命令，那贝巴就会继续向利维娅抱怨，这个麻烦就永远解决不了。他必须介入，为了他和贝巴的家庭，更是为了让自己清净。

但是，他要如何介入呢？

这样必定会引起摩擦。与米米坦诚相见是不可能的。如果米米外面有女人，他一定会否认。他会说自己晚上出去帮助无家可归的人了。他就是突然想做善事了。不行，首先要确定他在外面有情妇并查出他们夜间幽会的时间和地点。但怎么查呢？他需要有个人帮他调查。但他能和谁谈这件事呢？当然不能让警察局里的任何人掺和进来，就算是法齐奥也不行，这是一件事关米米和他，很可能还有第三个人的一件非常私人的事。一个朋友。对，只有朋友可以帮他。他想到了适合这项工作的人。但他还是睡不好，这件事像一块大石头一样压在胸口，他醒了三四次。

※

第二天早上，他给坎塔雷拉打电话，告诉他自己可能比平常去得晚一点儿。他一直等到十点，这个时间叫醒女性是可以接受的，也是比较文明的，他拨出了今天上午的第二个电话。

"你好？哪位？"

这是一个低沉的声音，带有俄罗斯口音，也许是在高加索山以东的某个前苏联加盟共和国出生的将军。英格丽的专长之一就是雇到来自天南海北的人，要想知道这些人的老家在哪儿，非得查查世界地图不可。

"你是哪位？"将军重复道。

尽管有心事，但蒙塔巴诺还是想兜兜圈子。

"听着，我父母给我的名字不过是个代号，至于我到底是谁，是个不太好回答的问题。我说清楚了吗？"

"你说得很清楚。你是产生了存在主义方面的困惑吗？你丢失了身份，找不到了？"

蒙塔巴诺很沮丧，他怎么能一大早就和人讨论哲学呢！

"好吧，很抱歉。这是一个有趣的话题，但我现在没有太多时间。英格丽在吗？"

"在。但你首先得告诉我你的代号。"

"萨尔沃·蒙塔巴诺。"

他等了一会儿。这一次，他先复习了一遍乘法表七那一行，然后是八那一行，最后回过头来又默诵了六那一行。

"不好意思，萨尔沃，我刚刚在洗澡。很开心接到你的电话！"

"那个将军是谁？"

"什么将军？"

"接电话的那个。"

"他不是将军！他的名字叫伊戈尔，以前是一位哲学教授。"

"他在你家干什么？"

"为了谋生，萨尔沃，他在做我的管家。在前苏联时期，他因为信仰问题先被禁止教学，然后进了监狱。出狱后他饱受饥饿，需要寻找新的生计。"

"但现在俄罗斯不是共产党掌权了。"

"是的。不过，他现在信仰变了，所以依然被禁止教学。于是他决定移居国外。聊聊你自己吧，离上次见面有好几年了。知道吗，我真的很想你。"

"你愿意的话，我们可以今晚见面——如果你有空的话。"

"我可以安排出时间。我们今晚出去吃饭，好吗？"

"好的，八点钟马里内拉酒吧见吧。"

5

还没等他迈出一步，电话铃就响了。

"喂，头儿！喂，头儿，头儿！"

坏事了。坎塔雷拉重复了好几遍。

"怎么了？"

"啊，头儿，头儿！局长生气的时候像头水牛，从鼻孔里冒烟。"

"等一下，坎塔雷拉，谁告诉你水牛生气的时候是从鼻孔里冒烟的？"

"大家都这么说，头儿。我在电视上看到过，在卡通片里。"

"好的，好的。他想干什么？"

"他说要你去他办公室，局长办公室，赶快过去！上帝，他是疯了吗，头儿！"

※

在去蒙特鲁萨的路上，他问自己，为什么博内蒂·阿德里奇会对他生气。最近工作上非常平静，只有几起抢劫案，几起绑架事件，几起枪战，几起焚烧汽车商店事件。唯一的大事就是袋子里发现了尸体，不过现在案子才刚启动，局长也犯不上因为这事发火。警长更多的是好奇，而非担心。

他在通往局长办公室的走廊里遇到的第一个人是令人讨厌、拿腔拿调的办公室主任拉特斯博士，绰号"拿铁"，一看见警长，拉特斯就张开双臂，像教皇从阳台迎接神的子民一样："亲爱的警长！"

他跑向蒙塔巴诺，抓住他的手使劲摇着，并立即改变了表情，用诡秘的语气问他："你妻子怎么样了？"

拉特斯执念于自己的误解，认为警长已经结婚，而且膝下有子。警长根本没有办法说服他。蒙塔巴诺被这个恐怖的问题问得僵住了。上次见面时他到底都说了些什么？幸运的是，他还记得自己承认妻子和一个移民私奔了。摩洛哥人？突尼斯人？他不记得细节了。他脸上挂了一个满意的微笑。

"啊，我的好拉特斯博士！我有一个极好的消息！我妻子又回到我的身边了。"

拉特斯先生欣喜若狂。

"真好！多么奇妙！感谢神的保佑，家中炉火终于又燃起来了！"

"是的，家里现在很温暖！我们连电费都省了！"

拉特斯迷惑地看了他一眼，他没听懂。然后他说："我去告诉局长你来了。"

他离开了，然后又回来了。

"局长马上可以见你。"

拉特斯还是有点儿困惑。

博内蒂·阿德里奇没有抬头，继续看文件，也没有让他坐下。

过了好一会儿，局长向后靠在椅子上，盯着警长，什么也不说。

"您觉得我现在与上次见面时有什么不同吗？"蒙塔巴诺带着忧虑的表情问。

警长咬着舌头。为什么每当自己站在局长面前时，总是忍不住想激怒他？

"蒙塔巴诺，你多大了？"

"一九五〇年出生，您算算吧。"

"所以我们可以说你是一个成熟的男人了。"

"如果我是成熟，你就是老头了。"蒙塔巴诺这样想，但是他说的是："如果您想这样说的话，那就继续吧。"

"那么你能向我解释一下，为什么你总是表现得像个孩子呢？"

什么意思？他什么时候表现得像个孩子了？他快速回想了一下最近的事，但却什么都没想起来。

"我不明白。"

"那我就给你解释得更明白一点。"

局长拿起一本书，书下面是一张撕坏了的小纸条。他把纸条递给警长。这是一封信的开头，一共只有一个半字，但蒙塔巴诺立即认出了笔迹。这是前警察局长布兰多的字，他在退休后经常给蒙塔巴诺写信。那么，这封信的一角是如何落在了在博内蒂·阿德里奇手上的呢？不管情况如何，那一个半字和孩子气有什么关系？蒙塔巴诺摆出一副兵来将挡水来土掩的架势。

"这张纸是什么意思？"他问道，表情介于震惊和讶异之间。

"你不认识这笔迹吗？"

"不认识。"

"请你大声朗读出来可以吗？"

"当然可以。'亲爱的蒙'。就这些。"

"在你看来，完整的名字可能是什么？"

"我不知道，但可以猜一下。亲爱的蒙塔莱，他可能是个诗人；亲爱的蒙塔尼勒，他可能是个记者；亲爱的蒙特苏马，是阿兹特克皇帝；亲爱的蒙哥马利，他可能是个英国将军……"

"亲爱的蒙塔巴诺怎么样？"

"那也是一种可能。"

"听着，蒙塔巴诺，我们别再兜圈子了。这张纸是新闻记者皮波·拉贡涅丝给我送来的，他在一个垃圾袋里发现的。"

蒙塔巴诺做出一副非常惊讶的表情。

"所以说，现在就连拉贡涅丝都开始翻垃圾袋了吗？这是一种瘾，您知道的。不知道有多少人——甚至是举止端庄的人——大晚上出去挨家挨户地游荡。"

"我对个别人的怪癖不感兴趣。"局长打断他的话，"事实是这样的，拉贡涅丝从一个垃圾袋里找到了这张纸。有人通过骚扰电话告诉他在某处放了两个垃圾袋，打电话的人显然是在打击报复。"

显然，这些纸屑就混在他从阳台上清扫的垃圾中，他没有注意到。

"局长先生，请原谅我，但坦白地说，您刚才的话我一个字也没听懂。为什么是打击报复呢？您能说得更清楚一点吗？"

局长叹了口气。

"你知道的，前几天，当新闻记者报道在垃圾袋里发现尸体的故事时，他提到你忽略了另一个相似的袋子，里面可能装有……"他打断自己，因为解释变得复杂了起来。

"你看那个节目了吗？"局长满怀希望地问。

"没看，很抱歉。"

"好，别管前因后果了。事实上，拉贡涅丝确信是你冒犯了他。"

"我？冒犯他？我怎么冒犯他了？"

"其中一个垃圾袋里有一张纸条，上面写着'狗屎'两个字。"

"但是，局长先生，如果您不介意我这么说的话，这世上扯淡的事太多了！为什么拉贡涅丝这种人渣会觉得是针对他自己的呢？"

"因为这可能会证明……"

"证明？这能证明什么呢，局长先生？"

然后，他用颤抖的手指指着博内蒂·阿德里奇，脸上带着愤慨，声音变得很尖锐，他的情绪膨胀到了顶点：

"啊，所以，您，局长先生，居然相信这种毫无根据的指控？啊，我觉得受到了极大的侮辱！您竟然指控我行为不当——不，指控我犯罪——事情属实的话，后果还很严重！我仿佛是一个白痴，或是赌徒！那个记者一定是这么想的！"

说完这些，警长暗自庆幸。他只用了陀思妥耶夫斯基小说的标题就表达了自己的观点。局长注意到了吗？当然没有！他这个人像山羊一样无知。

"别这么沮丧，蒙塔巴诺！开心点儿，最后……"

"开心点儿，我的眼睛啊！最后，我的眼睛啊！那人侮辱了我！您知道我在说什么，局长先生？我要求他立即给我道歉，书面道歉，让拉贡涅丝先生给我道歉！好吧，我不要书面道歉，我要他给我公开道歉，广播在电视上！否则我会召开新闻发布会，揭露整个事件！说出所有的事！"

对于局长而言，隐含的信息是：我会告诉所有人，你相信了整个故事，混蛋。

"哦，冷静点儿，蒙塔巴诺。深呼吸。我看看能做些什么。"

但警长已经愤怒地摔门而去，但发现拉特斯挡住了他的去路。

"很抱歉，警长，但我不太明白你妻子回家和电费有什么关系？"

"下次再向你解释，博士。"

※

在恩佐餐厅，他想应该庆祝一下今天在局长面前的成功表演，不让自己继续琢磨利维娅在电话里说的事。

"您好，警长。今天开胃菜有炸小银鱼。"

"来一份吧。"

"第一道菜您想点什么，警长？我们有墨鱼面、大虾面、海胆面、贻贝面，还有……"

"海胆。"

"第二道菜我们有纵带羊鱼，有腌的、烧的、烤的、酱的……"

"烤的。"

"就这些吗，警长？"

"有焯水小章鱼吗？"

"但是，警长，那是一道开胃菜。"

"我当甜点吃不行吗？点了你会哭吗？"

他离开餐厅时感觉更加"沉重"了，正如古罗马人过去常说的一样。

他习惯步行到灯塔，平复自己的心情，但只缓解了一点点。

※

进入警局时，吃大餐的好心情一下子就消散了。一看到他，坎塔雷拉就弯下腰，好像在地上找东西，弯着腰和他打了个招呼，没有看他。这个动作滑稽极了。他为什么不想让人看见他的脸呢？警长假装没看见，进了办公室，叫了他一下。

"坎塔雷拉，能来我办公室一下吗？"

坎塔雷拉一进屋，蒙塔巴诺看着他，意识到他的眼睛红红的，还有些湿润。

"你发烧了吗？"他问他。

"没有，头儿。"

"怎么了？你哭了吗？"

"一点点儿，头儿。"

"为什么哭？"

"没什么，头儿。就是哭一下而已。"

他为自己刚刚说的谎言而红了脸。

"奥杰洛警官在吗？"

"在，头儿。法齐奥也在。"

"叫法齐奥过来。"

所以，现在就连坎塔雷拉也有事情瞒着他？突然间，他已经没有朋友了吗？为什么每个人都躲着他？他已经变成了一头疲惫的老狮子了吗？甚至连驴子也会围过来踢他？这个假设似乎很有可能，他愤怒地攥紧了双拳。

"法齐奥，进来，关上门，坐下。"

"头儿，我有两件事要告诉你。"

"不，等等。首先我想知道坎塔雷拉为什么哭。"

"您问过他吗？"

"是的，但他不想告诉我。"

"那您为什么要问我？"

所以法齐奥现在也排挤他？一阵愤怒紧紧地攥住他，整个房间开始旋转，像一个旋转木马。他没有哭出来，而是在咆哮，一种低沉的咆哮。他起身一跃，也不知道自己还能做什么，一瞬间，他发现自己站在桌子上，像一只鱼雷朝着法齐奥飞去，法齐奥眼睛鼓鼓的，充满了恐惧，他试图站起来，却缠在椅子上，椅子倒了，所以他没能及时躲开。因此，承载着蒙塔巴诺身体的全部冲击，他跌倒在地板上，警长压在他的身上。他们搂着对方在那里躺了一会儿。如果有人走进来的话，甚至会认为他们在做下流的事。法齐奥没有动，直到蒙塔巴诺努力站起来，他有些羞愧，走到窗口，喘着粗气看外面。

法齐奥一句话也没说，他把椅子立直了，坐了下来。

过了一会儿，蒙塔巴诺转过身，走到法齐奥跟前，把手放在他的肩膀上说："我向你道歉。"

于是，法齐奥做了他在正常情况下永远不敢做的事。他把自己的手放在警长的手上说："该道歉的人是我。警长，是我惹了您。"

蒙塔巴诺坐回办公桌。他们看着对方的眼睛，然后法齐奥说话了。

"头儿，有一段时间了，真不可思议。"

"你是说奥杰洛？"

"是的，头儿，我知道您已经察觉到了。他完全变了，他以前多开朗乐观啊。但是现在他总是很悲观，一丁点儿事他都会生气，他批判一切，侮辱每个人。坎塔雷拉想去工会寻求帮助，但我设法说服他不要那样做。事情不能再这样下去了，您得介入。头儿，看看他怎么了，也许他的婚姻出现了变故，或者有什么其他的事……"

"你为什么不早跟我说这些？"

"头儿，这里没有人喜欢告密。"

"坎塔雷拉发生了什么事？"

"他没有把电话转接给奥杰洛，以为他还没回办公室呢。然后她又打来了，坎塔雷拉接了电话。"

"你为什么说'她'？"

"因为坎塔雷拉说那是一个女人。"

"她叫什么名字？"

"坎塔雷拉说，她在打来的两次电话里只说：'请帮我接奥杰洛警官。'"

"然后呢？"

"奥杰洛走出办公室，像疯了一样，抓住坎塔雷拉的衣领，把他摁在墙上，咆哮着说：'为什么接到第一个电话不叫我？'当时幸好我在那儿，把他给拉住了，也幸好当时没有别人在场，否则麻烦了，他们一定会把这件事报告给上级。"

"但是，我在的时候，他从来没有做过这样的事。"

"您在的时候，头儿，他会控制自己。"

所以事情就是这样了。米米不再信赖他，坎塔雷拉也不会了，法齐奥对他恶狠狠地说话……这种令人不安的状况已经存在很久了，他甚至没有注意到。曾几何时，他可以察觉手下人微妙的情绪变化，他会立即去关注，并想知道原因，可现在他甚至都注意不到了。当然，他可以看到米米的变化，但那只是因为太明显了，没有办法隐藏。他这是怎么了？累了吗？或者是因为人老了，感觉就不那么敏感了？如果是的话，显然他是该解甲归田了。但首先他必须解决米米的问题。

"你想告诉我的两件事是什么？"他问。

法齐奥似乎为转换话题而如释重负。

"嗯，警长，今年年初以来，据报道，在西西里岛已经有八十二人失踪，其中三十人是女性。这意味着五十二人是男性。我已经做了一些筛选。您不介意我看一下笔记吧？"

"只要你不给我读我不需要的数据就行，看吧。"

"在这五十二个人中，有三十一个不是欧洲人，档案都在。其余二十一人中，十个是儿童，还剩下十一人中有八人年龄在七十岁到近九十岁之间。他们大概都不知道自己在什么地方，可能是离开家后，找不到回去的路了。"

"现在还剩下几个人？"

"三个，头儿。这三个人都是四十岁左右，第一个身高一米五七，第二个身高一米九三，而第三个戴着心脏起搏器。"

"所以呢？"

"这些报告都与我们发现的尸体无关。"

"那现在我该对你做点什么呢？"

法齐奥看起来很困惑。

"您为什么要对我做点什么，头儿？"

"因为你说了那么多废话。难道你不知道浪费口舌是对人民的犯罪吗？你可以简单地对我说：'听着，那些报告失踪的人口，没有一个能和袋子里的尸体对上号。'整合在一起，咱们都省事：你能省口气，我能省时间。你同意吗？"

法齐奥摇摇头。

"我要饱含敬意地告诉您，头儿，不行的。"

"为什么不可以呢？"

"亲爱的警长，我们虽然发现了这么个'整合结果'，但它们根本没法真正'整合'在一块。"

"好吧，你赢了。还有什么？"

"您还记得吗，我告诉您发现了一些多洛雷斯·阿尔法诺的事，但想不起来什么人告诉过我。"

"是，记得。你现在想起来了吗？"

"在和我谈过话的人当中，有一个退休店主告诉我，多洛雷斯的丈夫，乔凡尼·阿尔法诺，是菲利波·阿尔法诺的儿子。"

"所以呢？"

"当他告诉我的时候，我没太在意。这件事可以追溯到您开始在这里工作之前。这位菲利波·阿尔法诺是西纳格拉家族的大人物，也是一个远亲。"

"哇！"

西纳格拉家族是维加塔镇上两大老牌黑手党家族之一。另一个是库法罗家族。

"从某种程度上可以说，这个菲利波·阿尔法诺消失了。他重新现身在哥伦比亚，与妻子和儿子一起。他的儿子乔凡尼当时还不到十五岁。当然，菲利波·阿尔法诺并不是合法离开意大利的。他没有护照，而且身负三桩重罪。在镇上，人们说西纳格拉家族把他送到国外负责波哥大的生意了。但菲利波·阿尔法诺在那里待了一段时间以后，就被枪杀了，没有发现是谁杀的他。其他的事您都知道了。"

"你说'其他的事我都知道'是什么意思？"

"我的意思是，这就是故事的结局啊，头儿。乔凡尼·阿尔法诺，多洛雷斯的丈夫，跑船的，没有任何犯罪记录。难道黑手党的儿子就一定会像他们的父亲那样成为黑手党吗？"

"当然不是。所以，如果乔凡尼·阿尔法诺是清白的，那么开车撞他妻子的事就不可能是间接的报复或警告，那一定是一个讨厌的恶作剧或酒后胡闹。你同意吗？"

"我同意。"

※

当警长正在想着回家换件衣服去见英格丽时，他听到了加鲁佐询问是否可以进来的声音。

"进来，进来。"

加鲁佐进屋后把门关上了，他手里拿着一个信封。

"什么事？"蒙塔巴诺问。

"奥杰洛警官让我把这个给您。"

他把信封放在书桌上。信封没有封口，外面写着，"致长官萨尔沃·蒙塔巴诺"，大写的，而且是打印的。下面一行写着："收信人亲启，请保密。"信封的左上角写着："发信人：多梅尼科·奥杰洛。"

蒙塔巴诺没有把信拿出来。他看着加鲁佐，问道：

"奥杰洛还在办公室吗？"

"不在，头儿，他半小时前就离开了。"

"你怎么给我送封信花了半个小时？"

加鲁佐显然很尴尬。

"嗯，不是的……"他说。

"他告诉你在半个小时后再把信交给我吗？"

"没有，头儿，我花了很长时间才认出他的字，他把自己手写的东西让我打印后交给您，里面涂改很多，有些字还很难识别。

打完后，我回到他的办公室，请他签名，但是他已经离开了。所以我决定把它交给您，尽管没有他的签名。"

他把手伸进夹克口袋，掏出一张纸，放在信封旁边。

"这是信的原件。"

"好吧。你可以走了。"

6

信上说：

亲爱的萨尔沃：

自知我已经引起了你的注意，我们之间的情况需要彻底澄清一下，没有任何退缩或兜圈子的余地。我相信我们在一起工作了这么多年后，虽然我总是扮演着次要的角色，但也该到了我要自己处理事情的时候了。我相信，对于我们二人而言，这件还未水落石出的、四十岁男人的肢解案可能是一次决定性的考验。换言之：我想让你把这个案件交给我一个人处理，你完全退出。当然，我会保证让你了解一切有关这个案件的情况，但你不能以任何方式干涉。一旦案件告破，我甚至愿意将所有的荣誉归功于你。

这不是一个命令。请试着理解我：如果我有任何事请求你的话，都是对你的尊重，这也是你对我的帮助。当然，无论多么困难，这也是对我的能力的一种考验。

如果你不同意的话，我别无选择，我会请局长把我调到别处去。

　　无论你的决定是什么，我对你的爱和尊重永远不变。

　　此致

没有签名，正如加鲁佐所说的一样。天很晚了，他不想再去考虑这件事。

　　他把信塞进上衣口袋，擦了擦眼睛。他心想："哎，老了！情绪太容易激动了！"然后便起身离开办公室。

※

　　在马里内拉酒吧，他看到英格丽坐在一张桌子旁，已经喝完了第一杯威士忌。五六个男性顾客直勾勾地看着她，视线难以从她的身上离开。她是如何做到任凭岁月流逝，容颜日益焕发的呢？她美丽，优雅，聪明，审慎。她是真正的朋友，每次请她帮忙破案，英格丽从来不问为什么，只是按照他说的去做。

　　他们拥抱在一起，难掩发自内心的喜悦。

　　"我们是现在就走，还是再点一杯威士忌？"英格丽问。

　　"不着急。"蒙塔巴诺说着坐了下来。

　　英格丽把警长的一只手放在她手里，紧紧握住。这是她的另一个优点：坦然地表达自己的情感，不理会别人的想法。

　　"你怎么过来的？我在停车场没看见你的车。"警长问道。

　　"你是说红色的那辆？我不开了。我现在有一辆全绿色的日产麦卡拉。利维娅怎么样了？"

　　"我昨天还跟她聊过，她很好。你丈夫怎么样？"

"我想他也很好，我一个星期没见他了。我们不睡在一起，幸亏房子够大。自从成为国会议员，他在罗马的时间比在这里多。"

英格丽的丈夫是出了名的游手好闲，所以他从政也是合乎逻辑的事。警长回忆起他童年时流行的一句话，他的一个叔叔过去经常说："如果你身无长技，也不通义理，从政准是一把好手。"

"我们是现在谈还是晚饭后再谈？"英格丽问。

"谈什么？"

"萨尔沃，别再装了，你向来无事不登三宝殿，是不是？"

"你说得对。我很抱歉。"

"不要抱歉，这就是你。事实上，这也是我喜欢你的一个原因。所以，你是想现在谈还是饭后谈呢？"

"你知道米米现在结婚了吗？"

英格丽笑了笑。

"当然知道。他和贝巴结婚了。我还知道他们的儿子取名叫萨尔沃，随你。"

"谁告诉你的？"

"米米。他过去经常给我打电话。我们甚至见过几次。但我有几个月没有他的消息了。所以呢？"

"我有理由相信米米有情妇。"警长说。

英格丽没有任何反应。蒙塔巴诺感到很奇怪。

"怎么？你不想说点什么吗？"

他突然醒悟过来。

"你知道？"他问。

"是的。"

"他自己告诉你的？"

"不，事实上，直到刚才你说起，没有人告诉我。但是，你知道的，萨尔沃，这是预料之中的事，你知道米米是怎样的人。发生什么事情了，萨尔沃？你反感吗？"她笑着说，比刚才笑得更大声了，或许那两杯威士忌已经开始起作用了。

英格丽看出了他的想法。"不，我没醉，萨尔沃。只是你脸上的表情如此严肃，我忍不住笑了。你为什么这么在意这件事？你知道，这是很正常的，我不需要告诉你这点。只要让他自己平静下来，整件事情都会迎刃而解。"

"我不能。"

他告诉了她利维娅在电话里说的事，特别是米米借口不在家过夜的事。

"看到了吗，如果我不介入的话，贝巴最后一定会直接来找我。到那时我就再也不能为他隐瞒了。米米还有另一件事让我很担心。"

"在你告诉我之前，我们再来一杯。"

"不，你自己点吧。"

他告诉她米米的变化，他是怎么毫无理由地对别人大发雷霆，总是挑起冲突来发泄感情的。

"有两种可能性，"英格丽说，"要么他为这种情形而感到沮丧，因为他爱贝巴，他觉得愧疚。或者是他已经深深地爱上了另一个女人。当然，所有这一切都意味着米米有情人，正如你所说。但是，他会不会因为别的原因在深夜出门？"

"我觉得不会。"

"那么你想让我做什么？"

"我想让你了解下米米是否真的有情妇。如果可能的话，这个女人是谁。我会给你他的车牌号，这样你就可以跟着他了。"

"但是我不能每晚都在米米家外面蹲守，等着他……"

"你不用每晚都去。根据利维娅跟我说的情况，我肯定他明天晚上出去。你知道他住在哪里吗？"

"知道。我明天没什么事，那他出来后我该怎么办？"

"你打我家里的电话，不管几点。"

英格丽喝完威士忌，他们就离开了酒吧。

"开我的车还是你的车？"英格丽问。

"我的。你喝酒了。"

"我没问题！"

"嗯，但如果我们被警察拦住，那就百口莫辩了。我之后再回来开走你的车。"

英格丽看着他笑了笑，然后上了他的车。

※

他们来到"帕普乔渔家小馆"已经快十点了。警长提前预订了一张桌子，因为这里总是座无虚席。他知道英格丽的口味，她爱吃也会吃，他甚至连菜都提前点好了，她绝对喜欢。

菜单如下：开胃菜是海鲜拼盘（青柠汁鲜凤尾鱼配橄榄油和椒盐，茴香籽腌凤尾鱼，章鱼沙拉，油炸银鱼）。头盘菜是珊瑚酱意大利面。第二道菜是炭烤龙虾（龙虾裹上橄榄油、盐和少许胡椒经炭火烤制）。

他们点了三瓶白葡萄酒，入口跟凉水一样没感觉，但一到肚子里就很厉害。喝完后，每个人又喝了一杯威士忌，这样有利于消化。

"现在，如果我们被叫停在路边，你要怎么解释自己不是酒后驾驶？"她问。

他笑了。一路上，蒙塔巴诺开车的时候都是睁大眼睛，神经紧绷着，害怕遇到当地巡逻队，车速没有超过每小时六十公里。他没有说话，怕分心。

车开进马里内拉的酒吧停车场时，他意识到英格丽已经睡着了，他轻轻地摇摇她。

"嗯？"英格丽回应了一下，没有睁开眼睛。

"我们到了。你想开车吗？"

英格丽睁开一只眼睛，环顾四周，一脸茫然。

"你说什么？"

"我问你能开车吗。"

"不能。"

"好吧，那我送你回蒙特鲁萨的家。"

"不，带我回你家，我要洗个澡，然后你可以用我的车送我回去。"

在蒙塔巴诺打开前门的时候，英格丽身体摇摇晃晃，不得不靠着墙，支撑着身体。

"我要躺五分钟。"她说着向卧室走去。

警长没有跟着她。他打开落地窗，走到阳台，坐在长凳上。

阳台上没有一丝风，海浪是如此的柔软，大海水平如镜。就在这时，电话铃响了。蒙塔巴诺赶紧去关上卧室的门，然后拿起听筒。是利维娅打来的。

"告诉我，"她说，"你在干什么？"

她听起来像宗教裁判官一样。女人！利维娅从未在电话里问过这样的问题。然而，今晚，当另一个女人睡在她男人的床上，她的语气就是这样，跟审讯一样。那是什么？第六感？还是她有超视望远镜？他感到一丝惊恐，这使他的大脑一片混乱，他没有告诉她自己正在望着大海，鬼知道是原因什么让他说了个毫无意义的愚蠢的谎言。

"我在电视上看电影。"

"什么频道？"

她一定马上意识到了他在说假话。他们在一起很多年了，利维娅从他的声音中细微的变化就可以判断他是否在说实话。他现在怎么才能不被她识破呢？唯一的希望就是把谎言圆了。

"三台。但……"

"我也在看。电影名字是什么？"

"我不知道，我开电视的时候已经演到一半了，你问这些干吗？你怎么了？"

"你为什么小声说话？"

她是对的，该死的！他本能地降低了声音，生怕吵醒了英格丽。他清了清嗓子。

"有吗？我没有注意到。"

"你和谁在一起呢？"

"谁也没有！我能和谁在一起。"

"无所谓了。贝巴打电话给我，米米告诉她，明天晚上他又要出去巡视。"

不错，这意味着他计算得很准确。

"你能告诉贝巴再忍一忍吗？"

"告诉了，但你现在没有跟我说实话。"

"我怎么没说实话……"

"你不是一个人。"

天哪，这是什么鼻子！她有触角还是怎么的？她会通灵吗？

"亲爱的，别闹了！"

"你发誓！"

"如果你真的那么在乎的话，我发誓。"

"呸。晚安。"

嗯，就这样吧。利维娅如愿以偿了。她如此步步紧逼，以至于他完全无辜，却被迫对她撒谎、发誓、胡扯。他是完全无辜的吗？别这么快下结论。事实上他并非完全无辜，利维娅的话没错。确实有另外一个人和他在一起，还是一个女人，但他怎么能向她解释那个女人不是……他想象着他们的谈话。

"但她正睡在我们的床上！"

该死，真该死！她是对的。那张床不仅是他的，也是他们的。

"是的，但是，你看，她之后就要走了。"

"之后？什么之后？"

别想了。

他回到阳台上，坐了下来。他把手伸进口袋里，拿出了米米的信，他带着这封信是想给英格丽看的，后来又改变主意了。他没有重读，只是盯着信封思考。

米米为什么要让加鲁佐把信打印出来，又如此保密呢？这是当加鲁佐把信交给他时，他问自己的其中一个问题。米米完全可以自己打出来，把信塞进信封里，让人交给我，如果他真的不想当面给我的话。

米米难道不知道，他这样做是在他们两个之间微妙的局面中又牵扯进来第三个人了吗？那么，为什么在所有的人中选择加鲁佐？加鲁佐是个大嘴巴，还有一个当记者的小舅子？

等一下，也许还有一个解释。如果事实上，米米是故意这样做的呢？淡定，蒙塔巴诺，你就要找到答案了。

米米以这种方式行事，因为他想让别人知道这件事，因为他希望此事被公开。

他为什么要那样做？很简单，因为他想让蒙塔巴诺没有回旋的余地。这样做的话，这件事就不可以远离大家的视线在私下解决了。米米可以通过这种方式迫使他无论如何都得给出一个正面的回应。毫无疑问，这绝对是明智之举。

他拿起信封，掏出信，重新看了一遍，至少有两件事引起了他的注意。

首先是语气。

当米米亲自问他，谁应该来调查这个案子时，他的想法是什么？排除任何合作的可能性，他非常强势粗鲁，让人讨厌。

另一方面，他在信中的语气改变了。事实上，他在信里还说了请求的原因，他的解释是需要私人空间和独立做事的权利。他想让别人知道，他在警察局里憋闷得喘不上气。这是可以理解的。米米在自己手下干了很多年，自己很少给他自主行事的机会。警长必须承认这一点。

他在信中还说，通过把这个案子交给他来处理，警长可以检验一下他的能力。

总之，米米是在请求帮助。

就是这样，他甚至用了"帮助"这个词。像米米那样的人，是不会轻易使用"帮助"这个词的。

再努力想想，蒙塔巴诺，试图展开想象，摒除愤怒和怨恨。

米米强势而带有挑衅意味的态度会不会是他寻求别人关注的一种方式，他是不是处在一个人无法摆脱的孤独境地呢？

好吧，让我们承认这点吧。那么调查和这有什么关系呢？为什么米米如此坚持呢？无论如何，这案子对他为什么如此重要呢？

一个可能的答案是，一旦他参与了复杂困难的查案行动，他和情妇在一起的时间就少了。这样两人的关系就会开始松动，这是与她明确地断绝往来的第一步。

英格丽可能猜对了，她说米米可能深陷爱的漩涡，而且想阻止这一切的发生，因为贝巴和孩子被夹在中间。

他把信读了三遍。

当读到最后一句话——无论你如何决定，我对你的爱和尊重永远不变——他眼睛湿润，胸膛一紧。米米先写了"爱"字，然后写了"尊重"。

警长用手捂住脸，悲伤再也抑制不住——他为没能早几年意识到自己在一个朋友心中的分量而愤怒，米米是个很仗义的朋友，他的第一个孩子都是用自己的名字命名的。

这时他发现英格丽站在阳台上。

他没有听到她的脚步声，以为她还在睡觉。他没有看她，因为他无法立刻控制住自己此时的脆弱，这样突然被人发现让他感到很尴尬。

英格丽关掉了灯。

好像在同一时间，她打开了大海，而大海此时正发出苍白而闪耀的光，远处的天空布满星星。在一条看不见的船上，一个人哭了出来：

"呜呜！呜呜！"

但没有人回答。

这声音久久未得到回应，就像蒙塔巴诺胸部的一丝剧痛。他再也克制不住，哭了起来。

英格丽坐在他身边，紧紧地抱着他，让蒙塔巴诺把头靠在她的肩膀上。

然后，她用左手抬起他的下巴，在他的唇上留下了一个长长的吻……

※

早上六点，他开车送英格丽回到马里内拉酒吧去开她的车。

回到家，他没有睡意。相反，他强烈地感觉到需要冲个澡，但淋浴时间太长的话，水箱可就空了。于是他脱下衣服，穿上泳裤，去了海滩。

天气非常冷。现在是黎明前夕，海风吹在人身上像是裹挟着无数的小刀片。

和往常一样，科西莫·劳里切拉正在把前一天晚上拉上岸的船放进水里。他是个上了年纪的渔民，经常给警长送新鲜的鱼，一块钱都不收。

"警长，一大早就来游泳可不是什么好主意。"

"就潜一下水而已，科西莫。"

他走进水里，克服了随即而来的麻木，潜入水底，当夜的黑暗一下子向他袭来，他呛了几口水。

那怎么可能呢？在感觉到海水涌进嘴里之前，他有足够的时间去思考。

他醒来时是在科西莫的船上，渔民用拳头捶着他的胸口。

"真是的，警长，你真把我吓了一跳！我告诉你这不是一个好主意！幸好我在这里，否则你就淹死了！"

上岸后，科西莫想陪他一路走回家去，并且不想被拒绝。

"别再玩这些恶作剧了，警长，我是认真的。当你还是个孩子的时候，事情是一个样，但当你上了年纪后就是另一个样子了。"

"谢谢，科西莫。"他说，但是心里想："我也没有必要那么感谢你救了我的性命，因为你说我是个老男人。"

但是，俗话说，如果它看起来像鸭子，游得像鸭子，叫起来像鸭子，那么它就是一只鸭子。

成熟，资深，不再年轻，上了年纪，这些都说得很委婉，但不能改变的一个基本事实是：他确确实实是老了。

他走进厨房，把一次能做六杯的浓缩咖啡壶放在炉子上，然后用一个大牛奶碗喝着滚烫的咖啡。

之后他去冲了个淋浴，用光了所有的水，想象着阿德莉娜意识到她不能打扫房子或擦洗地板，甚至不能做饭时嘴里骂的脏话。

他终于觉得自己干净一点了。

※

"啊，头儿，头儿！达科特区的那个人在找你，他让你给他往弗瑞西斯打个电话。"坎塔雷拉见到他说。

"知道了。我想打电话时会告诉你的。"

现在他需要做些更紧急的事。

他走进办公室，锁上身后的门，坐在办公桌前，从口袋里掏出米米的信，又读了一遍。

前一天晚上，当他开始琢磨米米的话时，他想到了两件事。第一个是他的语调，第二个是……

第二个他忘了，因为英格丽醒了。现在他绞尽脑汁也记不得了。于是他拿了一支圆珠笔和一个没有笺头的白纸，把事情想了一下，开始写信。

7

亲爱的米米：

　　我仔细看过你的信。

　　考虑到你在过去几周的态度，我并不感到惊讶。

　　我甚至能部分理解你写信给我的原因。

　　因此，我几乎确信我应该满足你一半的要求。

　　但你不认为，让我给你完全的自由和授权去调查那件案子，以及与其相关的所有事，对于你而言可能是一个错误吗？

　　你知道，我一向认为你聪明能干。但在我看来，这个案件可能会让一个警察感到很困扰，即使是我们两个加在一起也很棘手。

　　把这个案子交给你，我之所以会犹豫不决，那是因为我是你的朋友。

　　因为，如果你失败了，结果会产生很多复杂的事，不仅是我们之间的私人关系。

　　你再仔细想想。

　　无论如何，如果你还是没有改变主意，请给我几天时间，考虑考虑再做出决定。

爱你的，

萨尔沃

他把信又读了一遍，看起来非常完美。

这封信能拖住米米几天，其间警长会等着英格丽的监视结果。米米这下就没有理由乱发脾气了吧。

他站起来，打开门，叫加鲁佐进来。"帮我一个忙，把这封信打印出来，放进一个信封里，写上'多梅尼科·奥杰洛警探亲启'就可以了，然后把信交给他。他在办公室吗？"

加鲁佐只是呆呆地看着他，不知所措。毫无疑问，他想知道为什么蒙塔巴诺和奥杰洛突然把自己当成了私人秘书。

"他还没来呢。"

"他一到就把信给他。"

但加鲁佐不愿意离开房间，他感觉很难受。

"有什么不对吗？"

"嗯，是的，头儿。您能告诉我为什么要我打印这封信吗？"

"好吧，你清楚我和他之间发生了什么。你已经读了米米写给我的信，现在你也可以读我写给他的信。"他说得很直接，直接得让加鲁佐不得不做出回应。

"请原谅我这么说，头儿，但我不明白。首先，您自己打字的话就不用我读了啊。其次，在我知道您和他之间发生了什么之后，我该做些什么呢？"

"我不知道，你看着办吧。"

"头儿，您误解我了。"加鲁佐气愤地说，"我不是那种四处散播谣言的人。"

蒙塔巴诺感觉到加鲁佐话里的真诚，他立刻就对自己所说的话感到后悔了，但是伤害已经造成了。无论是直接的还是间接的，米米·奥杰洛正在警察局散播负面情绪。问题必须尽快解决。他希望英格丽能够发现些什么。

"坎塔雷拉，给弗瑞西斯打电话，叫阿克医生接电话。"

"喂。"阿克抱怨了几句后接通了电话。

"我是蒙塔巴诺。你找我？"

"是的。"

"你想怎样？"

"我想向你证明我是一个绅士，而你是一个粗俗的人。"

"这是不可能完成的任务。"

"罗曼斯克拉教授之前在巴勒莫给我打电话，告诉了我义齿检测结果。感兴趣吗？"

"是的。"

"他说他只花了一个小时就断定，几年前，这种义齿在南美洲用得很多。高兴吗？"

警长什么也没说。这该死的东西到底在搞什么鬼？

"我让你马上知道，"阿克继续说道，嘴里带着讥讽的口吻，"因为我希望你能够以你平常的敏锐，在世界上那个角落的千万人甚至更多人中找到合适的牙医。再见。"

萨尔沃忍不住在心里骂了一千句脏话。

如果那颗该死的义齿真的对案件有什么用的话，他一定一百万年都不会再给他打电话。他只盼望义齿对案子没有任何帮助，然后从中获得一种满足感。

或许把案子交给米米办不是一个好主意。

※

吃饭的时候到了，可他一点食欲都没有。

他的思想有点混乱，好像有几滴胶水黏住了他的大脑。他摸了摸前额，额头很热。显然，是早上作死的结果。

他决定直接回马里内拉的家，并告诉坎塔雷拉他下午不来办公室了。

到家后，他开始找温度计。温度计不在药箱里，也不在床头柜的抽屉里。二十分钟后，他终于在一本书的书页之间找到了。体温三十七度五，他从药箱里取出一片阿司匹林，走进厨房，打开水龙头，但水龙头里一滴水也没有。他开始诅咒，但这是他自己的过错，为什么要诅咒别人呢？冰箱里有一瓶矿泉水，他给自己倒了一杯水，但后来他想起不应该空腹服用阿司匹林，需要吃点东西。他再次打开冰箱，因为没有水，阿德莉娜已经绞尽脑汁了。冰箱里有炖茄子、拉古萨瓦洛奶酪、洋葱酱炒沙丁鱼。

不知道为什么，他突然感到很饿。他把冰箱里的东西还有一瓶冰镇白葡萄酒都拿上，来到阳台。他花了一个小时把这些东西解决掉，之后就不用担心会空腹服用阿司匹林了。

※

当他醒来时，快到下午五点了。他量了体温，三十六度七。阿司匹林让他退烧了。但也许最好还是待在床上，比如读一本书。

他站起来，走到客厅的书柜前，开始扫视书名。他的目光落在一本安德烈亚·卡米莱里几年前写的书上，他还没有看过。他把书带回床上，看了起来。

故事的开端是列昂纳多·夏夏的一本小说的一段话。故事主角是一个叫帕托的人，一个严肃直率的银行经理，他在摩托雷欧的年度剧作中扮演犹大。这部剧是流行版的《耶稣受难记》，纯属自娱自乐。

众所周知，犹大在出卖耶稣基督后悔改，把他因背信弃义得到的三十块银币扔到圣殿里，然后跑去上吊自杀。摩托雷欧戏剧的每一步都遵循福音故事。然而，舞台剧本有一处安排：当帕托饰演的犹大收紧脖子上的绞索时，他脚下有一个井盖门打开了，这个门象征着地狱的嘴巴，背叛者坠入这个门，最终回到后台。

在卡米莱里的小说中，一切都按照剧本进行，只有一个事实除外，那就是戏剧结束后，帕托再也没有出现。大家都在找他，但无济于事。他从那个井盖门落下后就永远消失了。

公众和专家众说纷纭，在巨大的争议中，一名侦探和一名警察组织了一次调查，希望能够解开失踪之谜。

读了三个小时之后，警长的视线开始模糊。

难道该给眼睛做个检查了吗？不，他自己回答，现在还不是时候。他很清楚自己的视力不如从前了，但即使失明，他也绝不会戴眼镜。

他把书放在床边的桌子上，下了床，走进客厅，坐在电视机前的扶手椅上，打开电视，迎接他的正是皮波·拉贡涅丝的鸡屁股脸。

"……承认我们的错误，我们偶尔也会犯错误，而这些错误正是我们的公平与诚实的无可争议的标志。的确，公平和诚实是光辉的灯塔，一直为我们新闻社三十年的工作指明方向。我们最近犯了一个这样的错误，我们指责警长萨尔沃·蒙塔巴诺没有追查可能与科瑞塔鲁发生的肢解案有关的一条线索。结果证明，这条线索与那桩可怕的案件毫无关系。因此我们向蒙塔巴诺警长公开道歉。然而，这并不意味着我们认可他经常使用的方法。现在我想谈一谈蒙特瑞勒镇议会，近来……"

蒙塔巴诺关掉电视。这么说，局长兑现了他的承诺。

他站起来，感觉坐立不安。他开始对这房子感到烦躁。

卡米莱里小说里的一些东西一直在他的大脑里嗡嗡作响。

那是什么呢？难道他的记忆也开始减退了吗？

这难道是动脉硬化的开始吗？

他努力回忆。

这绝对是与犹大的死亡有关，但实际上并没有写在书中。

这是一种平行思维，像闪电一样消失了。但是，如果是一种平行思维，重新开始读小说就没有了意义。闪电不可能再次出现。

不过，可能有一种办法。

在他书房的某个地方，肯定放了四本福音书。他把它们藏在哪里了呢？为什么这房子的各种东西都找不见？先是温度计，现在又是福音书……最后，经过半个小时的寻找，终于在他的咒骂声中找到了。

他坐在扶手椅上，阅读四福音的第一部，《马太福音》，其中讲述了犹大的自杀。

这时候，出卖耶稣的犹大，看见耶稣已经定了罪，
就后悔，把那三十块银币，拿回来给大祭司和长老说：
"我卖了无辜之人的血是有罪了。"
他们说，"那与我们有什么相干？你自己承当吧。"
犹大就把那银币丢在殿里，出去吊死了。
大祭司拾起银币来说，"这是血钱，不可放在库里。"
他们商议，就用那银币买了陶匠的一块地，来埋葬外乡人。

其他福音书没有谈到犹大的死。

不知道为什么，他很兴奋。一种震颤贯穿他的全身。他像一只狗盯着它的猎物一样。他感觉书里的话有一些非常重要的东西。

带着虔诚的耐心，他又读了一遍，慢慢地读，几乎是一个音节一个音节地读。

当他读到"陶匠"的时候，他感到一阵战栗。陶工之地！

突然，他感觉自己又走在一条小路上，他的衣服被雨水淋透了，望着一片由黏土构成的山谷。他又听到了农民的话：

"……这个地方一直叫科瑞塔鲁……我把黏土卖给那些制作花瓶、水壶、大缸一类东西的人……"

陶工之地。翻译成西西里方言就是：科瑞塔鲁。

这就是他的平行思维。

但这意味着什么吗？这是一个简单的巧合吗？他会不会沉浸在想象中呢？好吧，但是有点想象力又有什么错呢？他想象的事情又有多少被证明是真实的了呢？

那么，让我们看看这个想象意味着什么，这可能意味着谋杀案的受害者尸体被发现在一个陶工之地？福音上说，祭司买了地埋葬外乡人……

等等，蒙塔巴诺。

受害者可不可能是一个"外乡人"呢？换句话说，是外国人？帕斯夸诺在他的胃里发现了义齿，而据罗曼斯克拉教授所说，这种义齿是南美牙医使用的。因此，这个外乡人可能是来自南美的某个国家，比如委内瑞拉、阿根廷……或者哥伦比亚。一个与黑手党有联系的哥伦比亚人……

你的脑洞也太大了吧，蒙塔巴诺？

他这样问自己，一阵冰冷的战栗掠过身体，随即而来的是一股巨大的热量。他摸了摸前额，体温再次上升。但他并不担心，因为他确信这种变化不是因为感冒，而是因为他脑子里的想法。

但是，不要过于用脑，最好暂停一会儿，冷静下来。他意识到自己的大脑过热，随时可能熔化，他需要分散一下注意力。但是怎么分散呢？唯一的办法就是看电视。所以他把电视打开，这一次调到了"自由频道"。

里面正在播放一部情色电影，就是那种演员假装做爱的电影，通常是在一个不怎么舒服的地方，比如在独轮手推车里，或者在排水沟里，这比真枪实战的色情电影还要糟糕。他坐在那里看了十分钟左右，如往常一样，在这真真假假之中，他睡着了，头向后仰着，嘴巴张开。

※

不知道睡了多久，当他醒来时，本来演色情片的频道，现在有四个人围坐在一张桌子旁，谈论尚未破解的案件。"即使是看上去已经破解了的案件，事实上也还尚未解决。"一个留着胡子的男人说。他露出了一个狡黠的笑容，再没说别的。其他人没有听懂这句话，另一个人，一个专业犯罪学家开始讲述一个在意大利北部的案件，一个女人被老鼠药谋杀后被肢解了。

他和帕斯夸诺使用了同一个词，肢解。医生对这件事是怎么说的来着？

身体被切成一定数量的碎片。是的，但是有多少块呢？

他站起身来，惊出一身汗水，体温又升高了。他跑去打电话。

电话响了很久，没有人接。好吧，去他的！再等会儿，要是他们再不接电话，他就要开启大屠杀了！他会开着车把他们一个个射杀！最后终于有人接了电话，听起来那人喝醉了，在电话里都可以闻到酒气。

"你好，请问哪位。"

"我是蒙塔巴诺。我想找帕斯夸诺医生。"

"停……尸房……晚上关门了。"

所以他一定在家。一个昏昏欲睡的女人接了电话。现在到底几点了？

"我是蒙塔巴诺。医生在家吗？"

"哦，是警长啊。他去俱乐部了。"

"对不起，夫人，您有他的手机号码吗？"

帕斯夸诺的妻子把手机号码给了他，他拨了过去。

"你好？我是蒙塔巴诺。"

"关我什么事！"一个声音说着挂掉了电话。

他一定是打错了。他所有的手指都颤抖，难以控制。

"我是蒙塔巴诺。是帕斯夸诺医生吗？"

"我去看看他是否能来接电话。"

一七得七、二七十四……七七四十九。完成。

"对不起，他在玩，不想被打扰。"

"听着，要么告诉他来接电话，要么我明天早上五点带警察局的乐队到他那儿去。节目首先是《阿依达》第二幕《凯旋大合唱》，然后……"

"等等，我马上去告诉他。"

一八得八、二八十六……八八六十四。

"这位绅士，你不能安静地坐上几分钟吗？为什么你总是要来搅我的局？这是怎么回事？你意识到了吗？你为什么总是要来找我的麻烦？你到底想要什么？"

"医生，你从游戏里出来了吗？"

"还没完全出来。痛并快乐着。"

"我可以说话了吗？"

"可以，说完你必须从地球的表面消失，如果让我碰到你，我就要给你做一个没有麻醉的验尸。"

"你能确切地告诉我尸体被切成多少块吗？"

"我忘了。"

"求求你，医生。"

"等等，让我算一下。嗯，双手的手指和双脚的脚趾共二十块……还有腿……耳朵……总计，二十九，不，等等。三十块。"

"你确定吗？三十块？"

"绝对肯定。"

这就是为什么他们只留下一只胳膊。如果他们把它切断，那就有三十一块了。而结果必须正好是三十块。

正如犹大的三十块银币。

※

他热得难受，穿上一件厚夹克，走到阳台上去思考。

自从帕斯夸诺告诉他，那个外乡人是被一枪打在颅骨而致命那时起，他就一直相信是黑手党的作案手法。这是典型的程序，是一种最恶劣的犯罪行为。

但在这里还出现了其他东西。

不管是谁杀了那个外乡人，都是故意向警长提供精确的信息，以及杀戮本身的原因和结果。

同时，这起谋杀案是由某个仍奉行老黑手党规则的人犯下的或者是操纵的（两者没什么区别）。

为什么？

答案很简单：因为新黑手党胡乱射击，到处开枪，无论对老年人还是儿童，无论何时还是何地，他们对所做的事从不屈尊给一个理由或解释。

老黑手党就不一样了。他们会解释、通知，也会澄清。当然，不是公开的或是书面的，而是通过符号。

老黑手党是符号学专家，擅长用符号来交流。

为什么在尸体上放一个多刺的仙人掌？

这样做是因为他的刺扎疼了我们。

为什么把石头塞进嘴里？

这样做是因为他的话太多了。

为什么将其双手砍掉？

这样做是因为他把手伸进我们的饼干罐里被抓个正着。

为什么把他的生殖器塞进嘴里？

这样做是因为他玷污了不该玷污的人。

为什么把他的鞋子放在他的胸膛上？

这样做是因为他想逃跑。

为什么把他的双眼挖掉？

因为他拒绝面对现实。

为什么把他的牙齿全部拔掉？

因为他吃得太多了。

……

因此，这个信息立刻让蒙塔巴诺明白了：我们杀了他，是他活该，因为他为了三十个银币出卖了我们，就像犹大一样。

因此，合乎逻辑的结论是：被谋杀的外乡人是一个黑手党，他是作为叛徒被"处决"的。

终于向前迈出了第一步。

如果这个解释说得通，如果它竟然能说得通的话，那么他就可以干净利落地全身而退了。

事实上，如果受害者是黑手党，那案子就用不着他操心了，而是打黑组的事。

他欢呼起来。是的，这是正确的思路。

最重要的是，它摆脱了米米这件麻烦事。

明天早上的第一件事，就是到蒙特鲁萨找穆桑特谈谈，他是当地管涉黑案件的同事。

8

然而，与此同时，他还得等英格丽的电话，这段时间怎么打发呀。

他只知道三种单人扑克玩法，都给玩了个遍，而且没有像往常一样耍赖。玩了一局又一局，可就是赢不了。

他走到书架前，拿起利维娅买的一本书，名为《写给孤独者的单人纸牌指南》。作者说书里的第一种玩法最简单，警长却不知道纸牌卡片应该怎么摆放。然后他和自己下了一盘棋，每走一步就换到另一边，摆出两人对弈的样子。幸运的是，这是一场马拉松式的比赛。但最终想象的对手以一招妙棋获胜。蒙塔巴诺为自己的失败而感到懊恼。

"再比一次吗？"他的对手问。

"不了，谢谢。"蒙塔巴诺回答自己。

他的对手估计还会赢。

他仔细在浴室镜子前观察自己，发现鼻子旁边有一个小疙瘩。看到头发减少，他痛苦地承认自己有些脱发。

第二盘棋他又输了，这时他愤怒地把东西往墙上扔。

※

电话一直没打来。然而，大约在早上六点，也就是在他低落至极、情绪崩溃、倒在床上的时候，听到房前的停车场传来停车的声音。他飞快地打开门。是英格丽，她已经冻得半死。

"快给我一杯热茶，我冻僵了。"

"你以前不是习惯喝冷一点的吗？"

"我现在已经不喜欢了。"

"告诉我发生了什么事。"

"我把车停在一条小街上，从那里可以看到米米家的前门。他十点从家里出来，进了他的车，车就停在外面，然后开走了。他非常激动。"

"你怎么知道他很激动的？"

"从他开车的样子看出来的。"

"给你茶。我们去客厅好吗？"

"不，咱们就待在厨房吧。你相信吗？有那么一刻，我以为他要来看你？"

"何以见得？"

"因为他的车是朝着马里内拉方向开的。但随后……你知道海岸右边那儿有一个废弃的加油站吗？"

"当然知道。"

"嗯，从那再走一小段路，有一条没有修好的路，是通往山上的。他就是在那儿转弯的。我知道那条路，因为它通向一片房子，其中一个房子我去过几次。我必须紧紧地跟着他的车，因为这条路上有很多岔口，每个岔口通往不同的房子。如果他在主路上拐弯了，那就很难跟上他。他停在右边第四座房子前面，下了车，打开大门，走了进去。"

"然后你怎么办的？"

"我继续往前走。"

"你从他身后开车经过？"

"是的，而且他转身了。"

"该死！"

"冷静一下。他不可能认出我来。我做微整形才一个星期。"

"是的，但你非常……"

"有辨识度？就算是戴着太阳镜和一个大帽子也很容易认出来吗？"

"希望你是对的吧。继续说。"

"我过了一会儿才返回来，把车熄了火。米米的车停在花园里。他进房子里去了。"

"你在等那个女人吗？"

"当然。但直到半小时前，我都没有见到她出现。"

"这是什么意思？"

"萨尔沃，当我第一次开车经过那座房子的时候，我发誓我在里面看到了光。有人在那里等他。"

"你是说那个女人住在那儿？"

"不一定。米米把车停在花园里，而没有停到房子旁边的一个小车库里，也许是因为那个女人到那儿时，已经把自己的车开进去了。"

"但是，英格丽，车库里有女人的车，可能不是因为她在米米之前到了那儿，而是因为她住在那儿。"

"这也是可能的。无论如何，米米到达时没有敲门或打电话。他是用钥匙打开了门，他有钥匙。"

"你为什么不多等一会儿？"

"因为有太多人开始从那儿路过。"

"谢谢。"蒙塔巴诺说。

"谢谢？就这些？"英格丽问。

"谢谢你，就这些。"蒙塔巴诺说。

※

就在九点离开家之前，警长打电话给蒙特鲁萨的反黑手党委员会。

"你好，穆桑特吗？我是蒙塔巴诺。"

"亲爱的，很高兴接到你的电话！有什么需要帮忙的？"

"我今天早上能过来吗？有件事我想跟你谈，不会花太长时间的。"

"你能一小时后过来吗？我一会儿要开个会。"

"好的，一会儿见。"

他上了车，来到废弃的加油站时，他慢吞吞地掉了个头，差点把身后的司机逼疯了。他调转方向，朝没修好的小路开去，驱车一小段路程之后来到第四座房子。房子的窗户关着，车库门也关着。然而，大门是开着的，一位老人在花园里工作，花园被修整得很好。警长停下来，把车停在一边，开始看房子。

"找人？"老人问。

"是的。一位叫卡萨诺瓦的先生，他应该是住在这里的。"

"恐怕他不住在这里，先生，你搞错了，这里没有人住。"

"那这房子是谁的呢？"

"是佩科里尼先生的，但他只是夏天来这里。"

"我在哪里可以找到佩科里尼先生呢？"

"他在卡塔尼亚。在港口海关工作。"

他回到车里，朝警局开去。如果他迟五分钟到达蒙特鲁萨，那就太糟糕了。他把车停在警局停车场，没有下车，他把手放在喇叭上一直按，直到坎塔雷拉出现在门口。

看到警长坐在车里，他跑了过来。"怎么了，头儿？发生什么事了吗？"

"法齐奥在吗？"

"是的。"

"叫他过来。"

法齐奥迅速赶了过来。

"法齐奥，快，快。我想知道所有关于一个在卡塔尼亚港海关工作、名叫佩科里尼的人的信息。"

"我要秘密行事吗，头儿？"

"是的，这样比较好。"

※

全国反黑手党委员会总部由蒙特鲁萨中央警察大楼五楼的四

个办事处组成。电梯像往常一样失灵了，蒙塔巴诺开始爬楼梯。他抬头一看，已经到三楼了，碰到正在下楼的拉特斯博士。为了避免回答关于家庭状况的愚蠢问题，他从口袋里掏出一块手帕，把脸埋在里面，肩膀好像因哭泣而微微颤抖。拉特斯博士靠在墙上，把他让了过去，一句话都没敢说。

※

"要咖啡吗？"穆桑特问。

"不用，谢谢。"蒙塔巴诺说。

他不相信竟然可以在执法办公室喝咖啡。

"你知道什么，都告诉我吧。"

"嗯，穆桑特，我手上有个疑似黑手党做的谋杀案。"

"等等，我有个问题。你要以什么方式告诉我这件事？"

"以一种轻松的方式。"

"好了，蒙塔巴诺，认真点。"

"对不起，但我不明白你的问题。"

"我的意思是，你告诉我这些事，是正式的还是非正式的呢？"

"这有什么区别？"

"如果是正式的话，我必须做笔录；如果是非正式的，我必须有证人在场。"

"我明白了。"

显然，反黑手党委员会绝不会冒任何风险。鉴于黑手党与商业、工业和政府之间的关系，要保护好自己，谨慎行事。

"既然你是我的朋友，我会让你自己选择。古罗塔，还是坎帕纳？"

"古罗塔吧。"

警长很了解他，也很喜欢他。

穆桑特离开了办公室，几分钟后带着古罗塔一起回来了。古罗塔摇着蒙塔巴诺的手笑了笑，显然他很高兴见到蒙塔巴诺。

"你现在可以讲了。"穆桑特说。

"我指的是垃圾袋里被肢解的那个身份不明的人。你们听说过吗？"

"知道。"穆桑特和古罗塔异口同声地说。

"你们知道他是怎么被杀的吗？"

"不知道。"两个人答道。

"他是被一枪打在头骨底部致命的。"

"啊！"两个人齐声喊道。

就在此时，门外有人敲门。

"进来！"两个人齐声说。

一个大约五十岁、留着大胡子的男人走了进来，看看蒙塔巴诺，然后看着穆桑特，示意有事要告诉他。穆桑特站了起来，这个人在他的耳边说了些什么，然后离开了。穆桑特示意古罗塔到他身边来。穆桑特在古罗塔的耳旁低声说了些什么，两个人都转过身看着蒙塔巴诺。然后他们互相看了看，坐了下来。

"如果这是一场哑剧，那么我没看懂。"蒙塔巴诺说。

"继续说。"穆桑特用严肃的语气说。

"对头骨底部射击已经是一种记号，"警长继续说道，"但还有更多记号。你们熟悉《马太福音》吗？"

"什么？"古罗塔说。他不太明白。

穆桑特将身子俯向蒙塔巴诺，把一只手放在他的膝盖上，关切地问他："你真的没事吗？"

"我当然没事。"

"你不难过？"

"一点也不！"

"嗯，那么，为什么几分钟前你在楼道里失声痛哭？"

所以，留胡子那个人进来就是说这件事的！蒙塔巴诺感到一阵失落。现在他要怎么向这两个充满关切与疑惑的人解释个中曲直呢？他是害人反害己，不由发出一声苦笑，用一种他不知道从哪里来的不经意的语气，说：

"哦，那件事啊？那是拉特斯博士的错。他……"

"他骂你了还是怎样了？他训斥你了？"穆桑特困惑地问道。

"训斥你？"古罗塔很诧异地问道。

他们两个都不会相信他的话吗？不，这是不可能的。

"不，不，事情是这样的，在我告诉他我妻子和一个非法移民私奔后，我……"

"但你还没结婚呢！"穆桑特警觉地提醒他。

"或者你结婚了，但从来没告诉我们？"古罗塔试探着问道。

"不，不，我当然没结婚。但是，你知道，自从我告诉他，我妻子为了孩子们回来了……"

"你有孩子吗？"古罗塔惊讶地问他。

"他们多大了？"穆桑特接着问。

"不，不……"

他失去了信心，不能继续解释下去了。他不知道该说什么了，把脸埋在手里。

"你不会在这儿放声痛哭吧？"穆桑特惊慌地问他。

"好了，相信我，一切都会好起来的。"古罗塔说。

怎么解决？大喊大叫？打断他们的鼻子？拔出手枪，逼着他们听？他们会以为他疯了。他试图努力保持镇静，他开始出汗。

"你们俩帮帮忙，听我说五分钟好吗？"

"当然，当然。"两个人齐声说。

"我哭的故事是真的，虽然并我没有哭。"

"当然，当然。"

没希望了。现在他们俩确信他是在胡言乱语，对他小心翼翼，哄他开心，假装顺从他。他们不会被气疯的，因为他们就是这么对待疯子的。

"我发誓我没事，"警长说。"我只想让你们听清我的话。"

"当然，当然。"

他告诉了他们整个故事，从卡米莱里的书到他给帕斯夸诺医生打电话。他讲完后，大家陷入了一阵沉思中。但是他觉得穆桑特和古罗塔已经改变了想法，不再认为他疯了。

"你们在我的疯狂里发现什么奥秘了吗？"蒙塔巴诺问。

"嗯……"古罗塔说，不明白他用的是莎士比亚里的典故。

"总之，你为什么来这里告诉我们这一切？"穆桑特问。

蒙塔巴诺看着他，惊呆了。

"因为这具尸体生前肯定是一个黑手党成员，他被同伙杀害了。难道你们只对活着的黑手党成员感兴趣？"

穆桑特和古罗塔交换了个眼神。

"那倒不是，"古罗塔说，"不管死的活的，我们都感兴趣。据我所知，你似乎想把案子交给我们处理。"

"因为你不堪重负，是想撒手不管了吧？"穆桑特以一种善解人意的口吻说。

天哪，真悲哀！

"听着，我不想推卸任何事情，我没有不堪重负。"

"没有？那你想干什么？"

"是的，到底想干什么？"古罗塔帮腔道，他的声音发生了明显变化。

"除非是我弄错了，难道这个辖区的所有黑手党调查工作不都属于你们管吗？"

"是的，当然是属于我们，"穆桑特说，"但只有当我们确信黑手党确实与此事有牵连的时候，我们才会接管。"

"百分之百确信的时候。"古罗塔说。

"这么说，我没有说服你们？"

"你有点说服我了，但不彻底。我们不能因为你自己在卡米莱里的小说中读到了些感想，坚信此事与黑手党有关联，然后就能说服上司……"

"根据《马太福音》……"古罗塔总结说。

"你们多大了？"蒙塔巴诺问他们。

"我四十二岁。"穆桑特说。

"我四十四。"古罗塔说。

"你们太年轻了。"蒙塔巴诺说。

"什么意思？"

两个人又异口同声地说。

"我的意思是，你们已经习惯了当下的黑手党，而对符号学一无所知。"

"符号学？我甚至从来没有……"古罗塔开始有些怀疑。

"你看啊，蒙塔巴诺，"穆桑特打断了他，"如果你真的能够确定尸体的身份，让我们确信这是一个黑手党成员，那么……"

"我明白了，"警长说，"你们要我把午餐做好端到面前来。"

两个人又上演了完美同步，一起举手表示遗憾。

蒙塔巴诺站起身来，他们两个人也站了起来。

"我能问你们一件事吗？"

"如果我们能帮上忙的话……"

"据你们所知，大约两个月前，维加塔地区的黑手党有什么重大的活动吗？"

蒙塔巴诺意识到，他的这些话引起了两个人的注意。他们本来是送客的姿势，现在一下子挺直了腰。

"为什么？"两个人警惕地问。

该死的，他现在是否要告诉他们，被肢解的外乡人的死亡日期大约在两个月前。

"哦，我不知道，只是想知道……"

"没有，没有什么活动。"穆桑特说。

"什么也没有。"古罗塔肯定地说。

显然，当不得不说谎的时候，他们又合为一体了。很显然，他们无意让像他这样几近疯狂的人进行秘密调查。

他们和蒙塔巴诺告了别。

"好好照顾自己。"古罗塔说。

"休息几天。"穆桑特建议。

※

这么看来，两个月前一定发生了些什么事，而反黑手党委员会隐瞒着这件事，因为他们还在调查中。

当他到达警局后，他打电话给法齐奥，讲了自己与穆桑特和古罗塔的谈话。当然，没有讲他们认为自己疯了的事。

"你在反黑手党委员会有朋友吗？"

"当然，头儿，莫里奇。"

"他是大约有五十岁，留着胡子吗？"蒙塔巴诺警觉地问。

"不是。"

"你能和他谈谈吗？"

"您想让我跟他说什么？"

"问他是否知道两个月前发生了什么事，穆桑特和古罗塔不想告诉我。"

"我可以试试，警长，但是……"

"但是什么？"

"我和莫里奇可以算是朋友，但他是一个沉默寡言的人。这个人像一尊雕像。他甚至都不流汗。"

"好吧，那就让他出出汗。你开始做调查佩科里尼的工作了吗？"

"开始了，甚至可以说搞定了。得到的回应是否定的。"

"什么意思？"

"他不在卡塔尼亚海关工作。那儿没有叫这个名字的人。"

"噢，我知道了。也许告诉我这条信息的人说的不是'海关办事处'，而是海关办事处那一片区域。人们有时候会这样说。"

"那么我该去哪里找他呢，这个叫佩科里尼的人？"

有没有可能是米米通过一家中介公司租了那所房子？

"听着，在维加塔有多少地产代理机构？"

法齐奥在心里快速算了一下。

"五个半，警长。"

"你说的'一半'是什么意思？"

"还有一个兼卖汽车。"

"去查一下佩科里尼有没有在这几家机构里租房子。"

"是他租房子，还是把自己的房子租出去？"

"把房子租出去，这所房子归他所有。设法让他们告诉你他在哪里工作，或者至少告诉你他住的地方。他一定在那儿留了地址和电话号码。"

"您知道这房子的地址吗？"

"不知道。"

最好不要给法齐奥透漏太多信息。他很容易就会发现米米正在租房子。

※

那天下午回警局时，他几乎撞在米米·奥杰洛身上，米米行色匆匆。

"下午好，米米。"

"下午好。"米米回答道。

蒙塔巴诺转身看着他穿过停车场朝他的车走去。米米走路的时候似乎有点驼背。

就在这时，另一辆车停在米米的旁边，从车上走下来了一个非常漂亮的女人。

但奥杰洛并不在乎她的存在，他甚至没有看她。他只是发动车子离开了。

他怎么变了！这要是在从前，米米肯定会和这样的美女搭话，并交个朋友。

9

警长在办公桌前刚坐下五分钟，门突然开了，由于用力过猛，门撞到了墙。坎塔雷拉把自己都吓坏了，他本来是想轻轻开门的。"伙计，这是什么情况！我把自己都吓到了，头儿！啊啊啊，头儿！那女人真是惊艳！"

"哪里的女人？"

"就在那边，头儿，在接待室里。她说自己叫多洛雷斯，我说应该叫阿莫雷斯！她想和您面谈。天哪，那可是个极品女人！您快看看吧！"

她一定是警长看见下车的那个女人。一个能让坎塔雷拉变成这样的女人，米米却没看一眼？可怜的米米！他真的有问题！

"叫她进来。"

※

她看起来简直不像真人，美得令人眩晕。她三十岁左右，皮肤黝黑，身材修长，长发披在肩上，眼睛大而深邃，嘴巴宽阔，有着天生完美的嘴唇，毫无瑕疵的牙齿，戴着大耳环，像吉卜赛人。此外，她还穿着吉卜赛式的裙子和衬衫，宽松的衬衣下隐藏着傲人的双峰。

她看起来简直不像真人，但那的确就是她。主啊，她是真的吗？

蒙塔巴诺觉得在什么地方见过她，但他后来意识到，她看起来像他最近一次看的一部五十年代影片中的墨西哥女演员。

她一进来，办公室里就充满了淡淡的肉桂味。

但警长认为，这香味并非来自香水，而是女人皮肤的味道。在她伸出手时，蒙塔巴诺看到她修长的手指，长得不成比例，既迷人又危险。

他们坐了下来，女人坐在办公桌的前面，他坐在办公桌的后面。那女人自带一种严肃而焦虑的气氛。

"我能为你做什么，夫人？"

"我叫多洛雷斯·阿尔法诺。"

蒙塔巴诺站了起来，又坐回椅子时，左臀落在椅子边缘，差一点摔到桌子底下去。多洛雷斯·阿尔法诺似乎没有注意到。

所以，这个和他说话的女人就是法维奥·贾凯蒂所说的神秘女人了，那个幽会归来、差点被人故意撞到的女人。

"但是，阿尔法诺是我丈夫乔凡尼的姓氏，"她继续说，"我娘家姓是古铁雷斯。"

"你是西班牙人吗？"

"不，我是哥伦比亚人。但我在维加塔生活很多年了，我住在古图索路十二号。"

"那么，我能为你做什么呢，夫人？"蒙塔巴诺再次问道。

"我丈夫出海了，在一艘集装箱船上当大副。我们通过书信和明信片保持联系。他在离开每个地方之前，会告诉我下一站的到达日期和出发日期，这样他上岸后就可以收到我的信了。我们有时也通卫星电话，但很少。"

"发生什么事了吗？"

"事情是这样的，乔凡尼几个月前踏上了一段特别漫长的旅程。三个星期过去了，他仍然没有给我写信或打电话。这在以前从未发生过。我很担心，就给他打电话。他告诉我他很好，但很忙。"

蒙塔巴诺在听她讲述的时候被迷住了。她的声音是魅惑的，他只能这样来定义。她只需说一个"你好"，就能立刻让人联想到皱巴巴的毛毯、地板上的枕头和汗湿的床单，闻起来有肉桂的气味。她的西班牙口音就像一种辛辣的调味品。

"……他寄来的一张明信片。"多洛雷斯说。

蒙塔巴诺沉浸在她的声音之中不能自拔，因而分了心，他的思绪还流连在没有整理过的床单和炎热的夜晚里，或许背景里还有西班牙吉他……

"对不起，你说什么？"他说。

"我说前天我收到了他的明信片。"

"好。所以现在你放心了。"

女人没有回答，而是从包里掏出一张明信片递给了警长。

明信片上的画面是一个小镇，蒙塔巴诺从来没有听说过那里。邮戳是阿根廷的。背面写着：

　　我这里一切都好，你呢？乔凡尼致吻。

他话还真不多，不过总比没有话强。蒙塔巴诺抬头看着多洛雷斯·阿尔法诺。

"我觉得这不是他自己写的，"她说，"签名看起来不一样。"

她把另外四张明信片从包里拿出来，递给蒙塔巴诺。

"和这些比比看，这是他去年寄给我的。"

没有必要求助笔迹专家，因为最后一张明信片上的笔迹很明显是假的，伪造的。首先，最后一张明信片非常不用心。与旧明信片的语调也有所不同：

　　我非常爱你

　　时常想起你

　　我想你

　　吻遍你的全身

"我收到的最后一张明信片，"多洛雷斯继续说，"又给我带来了那种跟他通完电话时的感觉。"

"什么感觉？"

"电话的另一端不是他。他的声音不一样了，好像感冒了。但当时我说服了自己，可能是因为打电话，声音失真了。现在我不再那么肯定了。"

"你认为我能做些什么？"

"嗯……我真的不知道。"

"这个问题有点麻烦，夫人。最后一张明信片不是他写的，你说得对。不过，也有可能，你的丈夫因为某些原因没有在船上，然后让一个朋友写信并寄给你，免得你担心。"

多洛雷斯摇摇头。

"如果是那样的话，他早就给我打电话了。"

"也是。那你为什么不给他打电话呢？"

"我一收到卡片就打了。在那之后，我又给他打了两次电话。我甚至在来这里之前又打了一次。但是他的电话总是关机，没有人接听。"

"夫人，我理解你的担忧，但是……"

"所以您什么都不能做吗？"

"是的，我不能。因为，你看啊，现在的情况连报告失踪都不符合条件，事情是不是像你所说的那样谁也说不准。"

"那情况会是怎样呢？"

"嗯，我不知道，比如……"蒙塔巴诺开始如履薄冰，"请不要介意，这只是一个猜想，也许是你丈夫遇见了某个人。你明白我的意思吗？某个人……"

"我丈夫很爱我。"

她很平静地说，几乎没有语调。然后她从钱包里拿出一个信封，取出里面的信。

"这是他四个月前寄给我的信。请您读一下。"

　　……我日日夜夜都在想着你，想着你与我在一处……
我再次听到你高潮时的话语……不一会儿，你说你想要再来一次……当你的舌头……

蒙塔巴诺红了脸，他觉得看这些就够了，把信交还给她。

也许只是他的想象，但他相信自己看到在女人深邃而黑亮的眼睛深处闪现了一缕……是嘲讽还是取笑？

"你丈夫上次回来时的表现怎么样？"

"和我在一起的时候？和往常一样。"

"夫人，在这件事上，我能做的就是给你一点，呃，个人建议。你知道你丈夫在哪艘船上吗？"

"知道，鲁伊巴博萨号。"

"联系一下货运代理。他们是意大利的吗？"

"不是，史蒂文森－格拉是巴西的公司。"

"他们在意大利有代表吗？"

"当然有，在那不勒斯。他是帕斯夸里·卡梅拉。"

"你有这个帕斯夸里·卡梅拉的地址和电话号码吗？"

"我带着呢。"

她从钱包里拿出一张纸递给蒙塔巴诺。

"不，不要把它给我。你得自己打电话去询问。"

"不，我不能。"多洛雷斯果断地说。

"为什么不能呢？"

"因为我不想让我丈夫认为……不，我不能打。求求您，您来打吧。"

"我？但是，夫人，作为一个警察，我不能……"

"就说您是乔凡尼的朋友，担心他，因为您已经好久没有他的消息了。"

"听着，夫人，我……"

多洛雷斯身子前倾。蒙塔巴诺的两只胳膊正放在桌面上。女人把热得好像发烧的手放在蒙塔巴诺的手上，她长长的手指蜿蜒在他衬衫的袖口，首先是抚摸他的皮肤，然后抓住他的手腕。

"帮帮我。"她说。

"好，好的。"蒙塔巴诺说。

他们站起来。警长去为她开门，看到警察局一半的警察都在接待室里。显然，坎塔雷拉已经把多洛雷斯的美貌传扬开了。

※

终于就剩警长一个人了，他脱掉外套，解开袖口，把袖子卷上去。

多洛雷斯的指甲在他的皮肤上留下了印记。她给他打上了烙印。他的皮肤有点灼热。他嗅着手臂，闻起来有点肉桂味。这件事最好马上解决，要把这头黝黑的雌豹从他的心头抹去。他越少看到她越好。

"坎塔雷拉！给我拨通在那不勒斯的这个号码。但别告诉他们你在帮警察打电话。"

一八得八……一个女人立即接了电话。

"卡梅拉航运代理公司。有什么可以帮您的？"

"我是达维德·马拉希。我想找卡梅拉先生。"

"请稍等。"

在等待中，电话里响起了一首录制好的歌曲：《我的太阳》。

"请您稍等一下好吗？"女人说，"卡梅拉先生正在接电话。"

电话里又传来了一首新的歌曲：《光之窗》。

"您能再等一会儿吗？"

又是一首新歌：《库帕利亚》。

就在他要挂断电话时，一个男人的声音传来：

"您好，我是卡梅拉。请问有什么可以帮您的？"

他的秘书告诉他我报的名字了吗？只记得编了个名字达维德，姓什么忘了，好像最后一个字是希。

"我是达维德·沃扎希。"

"有什么可以帮您吗？"

"我只占用您几分钟的时间，我知道您很忙。您是史蒂文森 – 格拉的代表，对吗？"

"不错。"

"好的。我现在急需联系一个在鲁伊巴博萨号的船员。您能告诉我怎么才能联系到他吗？"

"您想通过什么方式与这个人联系？"

"肯定不用信鸽和烟雾信号。"

"我不明白。"卡梅拉说。

他为什么总是爱说俏皮话呢？代理可能会挂断电话，那就全完了。

"写信或是打电话都可以。"

"如果您有卫星电话的话，直接拨号就好了。"

"我有，但没有人接听。"

"我知道了。等一会儿，我查一下电脑……找到了。鲁伊巴博萨号将在八天后到达里斯本。所以您可以写一封信。我可以告诉您葡萄牙代表处的地址，以及……"

"难道没有更快的方法吗？我有坏消息要告诉他。他的姑妈阿德莱德去世了，她就像他的母亲一样。"

接下来的停顿意味着，卡梅拉先生在责任和怜悯之间难以抉择。后者最终战胜了前者。

"听着，考虑到事情的严重性和紧迫性，我这次破个例。我会给您大副的手机号码，他也是船上的事务长。请记一下。"

那么他现在怎么能从这件事中抽身呢？鲁伊巴博萨的大副是他要找的人！他想不出一个摆脱困境的办法。

"大副，"卡梅拉先生继续说，"名叫里贝罗·科托，他的号码是……"

他说什么？

"不好意思，大副不是乔凡尼·阿尔法诺吗？"

电话的另一端突然陷入了沉默。

蒙塔巴诺被一种恐慌感包围了，他经常有这种感觉，比如在他还在讲话的时候，电话线路被切断。他仿佛被发射到了外层空间冰冷的孤独中。他拼命叫喊。

"你好？喂……"

"没必要大喊大叫。你是阿尔法诺的亲戚吗？"

"不，我们是朋友，老同学……"

"你从哪里打来的？"

"从……从布林迪西。"

"所以你不在维加塔。"

"当然不在。"

"你上次见到阿尔法诺是什么时候？"那人继续说。

卡梅拉先生到底是怎么了？问这些是干吗？他的语气很粗暴，几乎是愤怒的。

"嗯……大概有两个多月了……他告诉我，他下一步的工作将会在鲁伊巴博萨进行，职务是大副。这就是我为什么很惊讶……发生什么事了吗？"

"事情是这样的，他就没上那艘船，我不得不临时找了个替补，可费了不少事。事实上，你的朋友给我带来了很多麻烦。"

"从那以后，你有他的消息吗？"

"三天后，他给我寄来一张纸条，说他找到了更好的工作。听着，如果你遇到他，告诉他，别让卡梅拉遇上他，否则会一路踢他的屁股到撒丁岛。那么，我们该怎么办，这位……"

"法拉希。"

"你要把里贝罗·科托的电话号码记下吗？"

"记下吧。"

"哦，不，你不是他的朋友！别跟我耍聪明了，好吗？首先你必须向我澄清一些事，亲爱的帕纳希先生。如果你知道阿尔法诺在鲁伊巴博萨号上，你为什么不直接给他打电话而是找我？"

蒙塔巴诺挂断了电话。

※

警长首先想到的是，乔凡尼·阿尔法诺是从家里偷偷逃跑了。航行，航行，一天又一天，一个港口又一个港口，他一定在另一个遥远的城镇遇到了另一个女人。也许是一个浑身肥皂和海水味，通体雪白的北欧女人。他已经厌倦了皮肤黝黑、一身肉桂味的哥伦比亚妻子。

现在他可能正在幸福地穿过北海峡湾。致以最亲切的告别和最美好的祝愿。谁会去跟踪他？

得益于公海船员的身份，他的计划非常周全。

他没有上船，给卡梅拉发了一条假消息，说他在其他地方找到了一份更好的工作；把手机给了一个朋友，说如果妻子给他打电话，就假装是他，并让他两个月后给多洛雷斯写一张假的明信片。因此，在他的妻子意识到他逃离牢笼，并开始徒劳的寻找之前，他已经得偿所愿了。

现在该怎么办？

去古图索路十二号敲门，并告知雌豹她成了寡妇？只能这样做吗？

当雌豹得知雄豹已经离开时，她会作何反应？她会撕咬吗？如果她开始哭泣，靠在他的胸前，想得到安慰，怎么办呢？

不，这是一个相当危险的想法。

也许最好是给她打电话。

但是什么事情都可以通过电话说吗？蒙塔巴诺知道，一旦说到问题的关键，他舌头就会打结。不，给她写封信比较安全。建议她在提交失踪报告之前，和电视台的栏目组联系一下，他们会通过电视节目寻找失踪人口，并且经常在警察开始寻找之前就把人找到了。

但是也许把事情全部推迟到明天不是更好吗？

反正早一天晚一天也没有什么区别。相反，这样的话，多洛雷斯夫人还可以多度过一个平静的夜晚。

等到明天，他决定了，明天再告诉她。

※

当法齐奥进来时，他正要离开办公室回家。从他脸上的表情就可以看出他查到了一些情况。正要开口说话时，他注意到警长手臂上的划痕，改变了表情。

"你怎么把自己划成这样？消毒了吗？"

"我不是自己划的。"蒙塔巴诺生气地说，把衬衫袖子放下来，"而且也没有必要消毒。"

"那这划痕是怎么来的？"

"天哪！我稍后会告诉你的。有什么情况，说吧。"

"嗯，首先，佩科里尼没有通过任何代理机构出租房屋。我给他们都打过电话了。不过，有一个马约尔卡先生，是一家机构的老板，当他听到我在电话里提到佩科里尼时，说："谁，屠夫？""你认识他吗？"我问他。他说："是的。"我就亲自去跟他谈话了。

他拿出一张小纸条，想把上面的内容读出来，但是蒙塔巴诺用像是要杀人的眼神阻止了他。

"好吧，好吧，警长，没有什么重要的信息，只是一些简单信息。我们感兴趣的佩科里尼来自维加塔，五十岁，姓阿图罗，直到两年前一直住在维加塔，是一名屠夫。后来，他搬到卡塔尼亚，在港口海关附近开了一家肉店。情况与案子相关吗？"

"大概相关。避暑别墅是他在维加塔唯一的财产吗？"

"他在城里还有一套房子，那是他的主要居住地，在皮波里佐路。"

"你知道那条街在哪儿吗？"

"知道，还是在我说过我不喜欢的那个富人区，和古图索路平行。"

"我知道了。他夏天才回来？"

"谁说的？他的肉店在这儿，让他弟弟伊尼亚齐奥照看着呢。他每个星期六都来看看肉店的经营情况。"

蒙塔巴诺想，也许米米是买肉时认识的屠夫，并且发现，或者早就知道，佩科里尼有一间空房子要出租。这样还可以说得通。

"有没有跟你在反黑手党委员会的朋友莫里奇谈谈？"

"联系了。我们明天早上九点在蒙特鲁萨的一个酒吧见面。现在你能告诉我你的划痕是怎么弄的了吗？"

"多洛雷斯·阿尔法诺弄的。"

法齐奥吓了一跳。

"她像他们说的那样漂亮吗？"

"非常漂亮。"

"她来这儿了？"

"是的。"

"她是来报告试图把她撞倒的那个人吗？"

"她一点儿没提这个事儿。"

"那她想要干什么？"

蒙塔巴诺不得不从头到尾解释了一遍，包括乔凡尼·阿尔法诺的失踪。

"她是怎么抓伤你的？"

蒙塔巴诺尴尬地解释了一下。

"小心点儿，警长。那个女人会咬人。"

10

当利维娅打电话过来的时候，他刚刚品尝完茄子切片。

"刚才的半个小时里，我一直在和贝巴打电话。她绝望极了，一直在哭，根本停不下来。"

"为什么呢？"

"因为米米对她很不好，对她大喊大叫，她也不清楚他想要什么。今天早上他的表现非常恐怖。贝巴觉得，都是这些天老值夜班，弄得他神情恍惚。"

"你告诉她很快就要结束了吗？"

"是的。但是，现在可怜的贝巴……告诉了我一些事，萨尔沃。米米过去也这样出去巡视吗？"

"当然，经常去。"

"他以前从来没有这样反应吗？"

"从来没有过。"

"所以，他现在为什么这样啊！是不是他的生活中发生了其他的什么事了？"

警长大脑里一阵警觉。

"比如说？"

"我不知道，也许他爱上了别人，米米当年可容易陷入感情了，也许是因为晚上出去巡视而精疲力竭，加之他在贝巴身边感到焦虑不安……"

老天保佑，可不能让利维娅知道，否则就全完了！

"利维娅，但他可能什么时候遇到这个女人呢？他没有时间啊。你想想，他晚上出去巡逻或在家里度过，白天他在单位上班……"

"你说得对，但为什么巡逻突然成了米米一个人的事了呢？"

妈的！利维娅越来越危险了。她在女性嗅觉的指引下正在逼近真相。有两种方法可以让她摆脱这种气味：要么像疯子一样大喊大叫，说犯罪率上升不是他的错；要么冷静地去推理。如果他选择前者，谈话会在争吵中结束，而利维娅只会更加坚守自己的立场；如果选择后者，也许……

"嗯，这里几乎进入了紧急状态，你知道的……有一伙逃犯正游荡在农村……我们已经抓到了一个人，这件事多亏了米米。而事实也并非我们把责任都交给了米米一个人。他每隔一个晚上出去一次，有时候多一次，有时候少一次。他不出勤的时候有人顶班。"

这一切都是谎言，但利维娅似乎已经被说服了。

※

睡觉前，他打开电视。大嘴巴皮波·拉贡涅丝的那张臭嘴正在说着一些关于他的事。

"……我当然不是指科瑞塔鲁发现的肢解案受害者的调查可

能有什么进展。坦白地说，我很确定，这个案件最终会不了了之，就连凶手或受害者的名字都查不出来。不，我指的是这个案件今后的走向，它会随着对未来某一件重大案件的调查而结束。在面对复杂的案件时，维加塔的警察们能够排除内部误解，团结一致解决困难吗？事实上，这正是我们所担忧的。相信在不久的将来，我会再次谈到这个话题。"

这些话一个耳朵进一个耳朵出，但警长还是受到了很大的影响。内部误解，显然，拉贡涅丝已经通过这样或那样的方式听到了风声，得知警局内部因为米米而发生的某些事。但他只知道故事的一半。当务之急是在他知道所有的事情之前阻止他。但怎么阻止他呢？警长必须考虑这个问题。

※

第二天早上，他穿好衣服，还系上了领带。他往常穿着随便，但那样看起来不太合适去见多洛雷斯·阿尔法诺，告诉她一个无论如何看都是坏消息的消息。

现在给她打电话时间还太早——差几分九点，警长先到了警察局。

"啊，头儿，头儿！这样的打扮看起来太酷了！"坎塔雷拉钦佩地夸赞他。

"有人在吗？"

"有，法齐奥在。"

"把他叫来。"

法齐奥走了进来，看着他，问道："是去见阿尔法诺夫人吗？"

"是的，一会儿就去。你也和我一起去。"

法齐奥对此毫无准备。

"但……为什么？您一个人还不够吗？"

"不是你说她会咬人吗？如果你也在那儿，可以帮助让她保持安静，防止她咬我。"

"随便您怎么说吧，警长。我已经见到了莫里奇了。"

"这么快？"

"是的，头儿。昨天他得知要去巴勒莫一个星期，所以给我打电话，把约见改到今天早上七点。"

"他告诉你什么了？"

"嗯，一些奇怪的事。他说他们得到了一条线索，但最后发现白费力气。"

"什么意思？"

"大约两个月前，他们收到一封匿名信，其中有些话可能是真的。"

"信里说了什么？"

"唐·巴都乔·西纳格拉杀了人。"

"唐·巴都乔？他已经九十多岁了，还没有金盆洗手吗？"

"我也不知道，头儿。信就是这么写的，说唐·巴都乔安排了这件事，因为他觉得自己被冒犯了。"

"哦。那是谁得罪了他，他把谁杀了呢？"

"这封信里没有说出名字。但信中确实说了他是一个马仔，但他没有把东西送到，而是卖了个好价钱。"

"然后呢？"

"反黑手党的人马上采取了行动。如果他们能得到一丁点儿证据，即使有一点儿证据，黑手党内部都会发生大政变。他们也没有向缉毒署求助——您知道他们怎么想的。但是，如果他们求助了，其实能节省些时间。"

"为什么？"

"经过四天紧张的调查，穆桑特长官碰巧遇到缉毒署的巴莱里尼长官，后者在谈话中告诉他，唐·巴都乔·西纳格拉中风了，正躺在巴勒莫的一家医院里。于是他们认为，巴都乔不可能下命令去杀死谁。而且，无论如何，他们什么也没有发现，连那个被杀的人的尸体也没有找到。"

"他们的结论是什么？"

"他们被耍了，头儿。"

"或者是有人想找巴都乔的麻烦，但不知道他中风了。"

※

"……所以，你的丈夫并没有登上过鲁伊巴博萨号。"

多洛雷斯·阿尔法诺像雕像一样僵住了。

法齐奥和蒙塔巴诺坐在客厅里的两张扶手椅上。她站在两人面前，正在准备给他们上咖啡。她的左臂停在半空中，正打算拨一下挡着眼睛的头发。

一瞬间，警长觉得他好像在看一个跳舞的糖娃娃，一个西班牙舞女，带着肉桂的气味。这气味立即变得很强烈，加强了他的这一印象。他感到一种可怕的欲望，他想伸出舌头舔她的脖子，这样他就能尝到她的皮肤，那一定是甜的。

一会儿，女人回过神儿来了。她什么也没说，继续之前的动作。她把挡着眼睛的头发拨开，弯下腰，稳稳地把咖啡倒进两个杯子里，问他们加多少糖，放好后递给他们，然后坐在沙发上。

蒙塔巴诺看着她。她依然魅力不减，在听到这个消息后没有表现出任何的惊讶或激动。唯一的外在表现是眉头紧锁。她等到两人喝完咖啡才开口说话。

"您不是开玩笑吧？"

她的语气很平静，没有被压抑的眼泪，也没有颤抖的声音，就只有一个简单、平淡的问题。

"没开玩笑，很不幸。"蒙塔巴诺说。

"您认为他会发生什么事？"她用同样的语气问道，好像在谈论一个与她没有任何关系的人。

糖娃娃？她是一个大理石和钢铁做的女人，多洛雷斯夫人！一个矛盾的女人，虽然她能够在这种时刻控制自己，但也容易做出过激的行为，比如划伤他的手臂。

"嗯，最有可能的情况是他自愿消失了。"

"您为什么这么说？"

"因为卡梅拉先生告诉我，你丈夫没有登船，但几天后，他给卡梅拉先生寄了一张字条，说找到了一份更好的工作。"

"但那可能是假的，就像前几天我收到的明信片一样。"多洛雷斯回答。

她是个聪明的女人，这点毫无疑问，尽管她刚刚受到了打击，但智商依然在线。

"这正是为什么我想让手下去把那张纸条拿来，如果卡梅拉先生还留着的话。"

"您为什么不试试？"

"在我采取任何行动之前，我需要从你这里得到一份正式的失踪人员声明。"

"好吧，那我这就做。和您回警局吗？"

"没有必要。法齐奥随后会交代你怎么出具。不过，我想再问你几件事。"

"我也有几个问题。"

"好吧，那你先问吧。"

"首先，如果您有其他问题要问我，请过来坐在我旁边的沙发上。我不能……"

一瞬间，法齐奥和蒙塔巴诺的眼睛对上了。然后蒙塔巴诺闷声问道，"那样好吗？"

"是的，谢谢。"

"你有你丈夫最近的照片吗？"

"有很多。有一些是他离开前几天我们拍的。我俩一起去跟他的远房亲戚告别了……"

"好的，你一会儿可以拿来给我看看，我会选一张带走。但现在我想问你一些我昨天已经问过的事，我肯定这件事一定会让你不愉快。对不起，但是……"

多洛雷斯把一只手放在蒙塔巴诺的膝上。她的手很热，而且颤抖着。显然，直到现在，警长告诉她的事才开始在她身上有所反应。她变得越来越难以控制自己。

"从你昨天给我看的那封信中，很明显可以看出来，你和你丈夫的关系很……嗯，很亲密。这是真的吗？"

法齐奥突然俯身向前，靠近他的腿上的笔记本，假装做笔录。

"是的，非常亲密。"多洛雷斯说。

"在你丈夫的最后一次逗留期间，你能说说——我想请你仔细考虑一下，你有没有察觉到……这种亲密度可能减少了一点？或者是否有可能冷淡了些，或是轻微了些，可能……我的意思是，有什么不同于其他时候……"

她紧紧地抓住他的膝盖。她手上的热量从那一点笔直地向上移动，刚好移动到他大腿上方一个相当微妙的位置，这股热量几乎让他难以承受。

"有些东西发生了很大的变化。"她轻轻地说，法齐奥不得不倾着身子去听。

"但我们上次谈话时，你不是这样说的啊。"警长迅速指出。

"因为乔凡尼……不一样了……这不是一个很合适的词，不是你想的那样……"

"那是怎样？"

但是她为什么不把她那该死的手从他的膝盖上拿下来？

"事实上，他……总是很饿，好像永远满足不了似的。有两三次吧，我们刚吃完饭，他都没等我到卧室……他就让我……"

法齐奥突然把笔记本放在眼前，遮住自己的红脸。回忆起这些事，多洛雷斯放在警长膝盖上的手掌已经开始出汗，以至于蒙塔巴诺可以通过裤子感到汗湿。

"或许我给你们提供一些细节，你们会理解得更好一些。"

"不！不需要细节了！"蒙塔巴诺突然大声说着站起来。

他再也受不了了，那只手把他逼疯了。

她看着他，好像很困惑。难道她不知道自己的手和声音对男人的影响吗？

"好了，夫人。"蒙塔巴诺继续说道，"这个问题到此为止。告诉我，你丈夫有仇人吗？"

"警长，我所知道的关于我丈夫生活的一切，都是他亲口或书面告诉我的。当然，他从没提过什么仇人。这是真的，他说过几次关于他曾与其他船上的管理人员或船员发生口角的事，但都无关紧要。"

"在维加塔呢？"

"现在，乔凡尼在维加塔的朋友很少！他很小的时候就随父母移居哥伦比亚了，之后就在那里上学。他的父亲去世后，一位在维加塔的亲戚一直帮助他，直到他成为一个专业水手第一次出海航行。他住在国外的时间比在这里多。"

"你知道他的这些朋友的名字和地址吗？"

"当然知道。"

"你可以把它们交给法齐奥。乔凡尼的父亲去世时，你和乔凡尼已经认识了吗？"

回忆使她露出了一丝淡淡的微笑。

"是的，我们已经在一起三个月了。他带我到他父亲的工作室，还有……"

"好的，好的。你丈夫本应该什么时候出发？"

"九月四日。"

"从哪里出发？"

"焦亚塔鲁。"

"他什么时候离开家的？"

"头一天早上走的，三号。"

"怎么走的？"

"坐汽车。"

"等一下。这意味着他三号晚上肯定在焦亚塔鲁。我们得弄清楚他去了什么旅馆，做了什么。"

"事情并不是那样的，警长。我三号早晨和他一起离开的。事实上，我们自己开的车，晚上到达那里，直奔他的公寓。"

"他的公寓？"

"是的，在过去的两年中，他租了一间一居室，带独卫和厨房。"

"为什么？"

"因为乔凡尼经常没有时间来看我。他只在港口停留两到三天……所以他会通知我，当他上岸时，我会在那里等他。"

"我懂了，你们在三号晚上做了什么？"

"我们吃了晚饭，然后我们……"

"出去了？你们是在餐馆吃的饭吗？"

"不，我们在家吃的饭。我们买了一些吃的，然后就早早上床睡觉了。这次是一个漫长的旅程，要分开很久。"

最好跳过夜间的细节。结婚多年后，这两个人怎么可能只想到做那种事情呢？也许这就是哥伦比亚人。

"你们接到过电话吗？"

"那里没有电话。但也没有人打到手机上。"

"第二天早上呢？"

"乔凡尼八点离开的。我收拾好东西也随即离开。这是个错误。"

"为什么？"

"因为我没想到我会那么累。前一天晚上我几乎没合眼，所以，开车的时候，在我正要撞上通往利多迪帕尔米方向的标牌时，我突然醒了。后面车上的两名男子过来帮忙，他们说我已经开到了中间的空地，并且没有刹车的迹象。他们意识到我快睡着了。"

"你受伤了吗？"

"没有，很幸运。在修车的时候，我就去附近的旅馆睡觉了。本来希望下午能把车修好，但没有做到。所以我晚上住在旅馆，次日才离开。"

"自从那以后，你又去焦亚塔鲁了吗？"

她给了他一个古怪的表情。

"没有，我为什么要回去？"

"所以那个地方应该是你在九月四日早上离开时的样子。"

"当然。"

"你有钥匙吗？"

"当然有。"

"你丈夫他自己也有钥匙？"

"有。"

"有清洁工吗？"

"我总是把一切都收拾好。当我回去的时候，我保证乔凡尼发现屋子里所有的地方都干净了。"

"地址给我。"

"杰拉切路十五号，一楼。从后面进去，那儿有一个小门。"

"在法齐奥走之前把钥匙给他。"

"为什么？"

"夫人，我们不知道你丈夫是怎么，或者为什么失踪了。如果他是出于自愿这么做的，那他很有可能在你回到维加塔之后回到公寓。如果他是被别人带走的，也很有可能是很熟悉的人把他关在了那间房子里。"

"我明白了。"

"嗯，就目前而言，我就这么多问题。"

"您不是想选一张乔凡尼的照片吗？"

"哦，是的，没错。"

"跟我进卧室，照片在那里放着。"

听到"卧室"这个词，警长护卫法齐奥一跃而起。

"我也进去看看。"他说。

"不，你留在这里。"蒙塔巴诺说。

法齐奥坐下来，神情很焦虑。

"如果需要，就叫我。"他喃喃地说。

"需要你干什么？"多洛雷斯问，她感到很困惑。

"好吧，万一照片太多的话，你知道……"警长灵机一动。

卧室里肉桂的气味如此强烈，呛得他想咳嗽。

这张床是蒙塔巴诺见过的最大的床之一，跟个操场一样，简直可以搞演习、阅兵和游行了。床脚边有一个巨大的电视和几十盘录像带。电视上方是一台摄像机。

蒙塔巴诺相信，多洛雷斯和她的丈夫拍下了不少操场上的练习实录，以便日后观摩学习提高。

11

与此同时，多洛雷斯打开梳妆台最下面的抽屉，拿出一包照片，摊开在床上。

"这些都是最新的，是我们在乔凡尼远房亲戚家里拍的，看看您需要哪些，都可以带走。"

蒙塔巴诺挑了几张。为了亲自看一看，多洛雷斯走到他身边，两个人离得很近，挨到了一起。

这些照片一定是在八月末的某一天拍的。光线非常充足。有两三张多洛雷斯是穿着比基尼照的。警长感觉到他们两个身体接触的地方开始升温。当他稍微移到一边时，她又走近了。她是故意的吗，还是真的需要时刻和男人有身体接触？

"这张乔凡尼拍得非常好。"多洛雷斯说着挑出一张照片来。

他是一个英俊的男子，四十岁左右，身材高大，皮肤黝黑，一双机敏的眼睛，还有一张微笑的脸。

"好吧，我要这张。"警长说，"别忘了把你丈夫的情况告诉法齐奥，他的出生日期和地点……"

"好的。"

"这所漂亮房子是谁的？"蒙塔巴诺问。他看着一张照片，多洛雷斯、乔凡尼，还有一些其他人，站在一个摆放了许多盆栽植物的露天阳台上。他当然知道那是谁的房子，但他想听她的答案。

"哦，那是我丈夫亲戚家的房子。他的名字是唐·巴都乔·西纳格拉。"

在这张照片里，唐·巴都乔微笑着坐在一张帆布躺椅上。但多洛雷斯念出他的名字时近乎冷漠。

"这几张够了吗？"

"够了。"

"您能帮我把东西放好吗？"

"好的。"

她拿起信封并撑开，他装进去了第一沓照片。在他装进最后两沓照片的时候，她身体稍微前倾，抓住他的右手，并把嘴唇贴在他的手背上。警长惊得往后缩，差点倒在床上。然而多洛雷斯的嘴唇好像粘在了他手上。

蒙塔巴诺突然觉得全身无力，失去了所有的抵抗能力。房间里的温度升高了多少度？

幸运的是，多洛雷斯终于抬起了头。她看着他的眼睛，这种凝视可以让人湮没在其中。

"帮帮我，"她说，"没有了他，我……帮帮我。"

蒙塔巴诺抽回了自己的手，背对着她，走到客厅去，提高了嗓门。

"法齐奥，记下夫人的话，然后让夫人给你她丈夫朋友的名单，还有在焦亚塔鲁的地址和钥匙。"

法齐奥什么也没说。他茫然地凝视着女人嘴唇上的口红在警长左手上留下的印记。

蒙塔巴诺用另一只手把印记擦掉了。

多洛雷斯走进了客厅。

"我现在必须走了，夫人。我想我们可能还得见面。"

"我送您出去。"多洛雷斯说。

"看在上帝的份上，让我自己走吧！"蒙塔巴诺说完赶紧离开了。

※

"麦卡努哥吗？我是蒙塔巴诺。"

"蒙塔巴诺！很高兴接到你的电话！你好吗？"

"挺好的。你呢？"

"你还记得我们以前上课时唱的那首歌吗？*无论我说什么，无论我做什么，我总是兴高采烈。日子一如既往。*"

"麦卡努哥，我需要你帮我一个大忙。"

"我会为你赴汤蹈火的。"

麦卡努哥是焦亚塔鲁港总务处的领导。蒙塔巴诺解释了需要他帮忙做的事情。

"我就直说了，蒙塔巴诺，你是不是让我闯进一间在杰拉切路十五号的公寓，拍几张照片发给你？"

"是的。"

"没有搜查令？"

"是的。"

※

法齐奥不到半小时就回来了。

"天哪，这是个什么样的女人啊！"

"你从她那儿拿到我们需要的所有东西了吗？"

"是的，头儿。朋友名单上只有三个名字。"

"法齐奥，给我详细说说巴都乔和那个被他送去哥伦比亚的阿尔法诺的情况。"

"警长，您有没有注意到，这位女士一直在说'远亲'，而没有提到巴都乔·西纳格拉的名字？"

"事实上，当我们在卧室里看照片的时候，她确实提到了他的名字。但她读得不太熟练，好像她不知道巴都乔是谁。你认为她可能不知道吗？"

"有可能。二十多年前的一天，唐·巴都乔把他的一个名叫菲利波·阿尔法诺的堂兄送去了哥伦比亚，希望能与可卡因生产商建立直接联系。菲利波·阿尔法诺带着家人，包括他的妻子和儿子——乔凡尼，当时是十五岁——一起走的。过了一段时间后，菲利波·阿尔法诺被枪杀了。"

"哥伦比亚人干的？"

"应该说是在哥伦比亚的人干的。但有些人对这个故事却持有不同的版本。注意，是有些人。"

"我听着呢，继续说。"

"他们说是唐·巴都乔本人下令杀了他。"

"为什么？"

"我不知道，有很多传言。最普遍接受的解释是，阿尔法诺干得风生水起，生意越做越大，而且开始考虑单干，对唐·巴都乔的生意不上心，希望有朝一日能取代他。"

"所以，巴都乔干掉了他。但根据多洛雷斯告诉我们的话，他一直在照顾遗孀和两人的儿子。"

"说得通。这符合唐·巴都乔的风格。"

"所以，儿子乔凡尼就从来没干过坏事吗？"

"警长，他一直在欧洲和南美洲的缉毒部门的监控下，做的工作也在监控之中。反正，他从没有被发现，一次都没有。"

"哦，听着，把乔凡尼·阿尔法诺的这张照片给我复印十份。它们可能会派上用场。然后让他的这三个朋友明天早上过来接受问话，时间错开一小时。哦，还有一件事。我想知道巴都乔·西纳格拉住院的确切日期。"

"重要吗？"

"重要也不重要。我在想那封匿名信，信里说巴都乔下令做掉了手下的一名马仔。如果我没弄错的话，巴莱里尼告诉穆桑特，巴都乔当时正住在巴勒莫的一家医院，昏迷不醒，所以穆桑特认为，巴都乔与此事无关。"

"你没弄错。"

"但是从多洛雷斯给我的一张照片来看，巴都乔状态不错。我看到照片背后的日期——八月二十八日。因此，在住院之前，巴都乔有充足的时间安排干掉他不想见的人。这样说得通吗？"

"说得通。"

※

警长刚吃完东西站起来，恩佐进来了。

"警长，今年您打算在哪里过圣诞节和新年？"

"为什么问这个？"

"是这样的，如果您待在维加塔的话，餐厅会三十一日晚上打烊。但是如果您那天晚上要来我家的话，我会很荣幸跟您一块过节。"

所以，现在让人头痛的假期即将开始了！他再也受不了假期了，不仅仅是节日本身，而是与之而来的令人愉快的祝福、礼物、午餐、晚餐、邀请和回请。然后是写满祝福的贺卡，表达了希望来年会比刚刚结束的一年更好的愿望——全是虚幻的希望，因为事实证明，总是一年不如一年。

恩佐的问题像冷空气一样阻碍了他的消化。他习惯性地走到码头尽头的灯塔，但还是没消化。散步一点用都没有，他的胃还是感到很撑。

更糟的是，他脑中设想着与利维娅不可避免的、迫在眉睫的争论——*你会来鹿嘴村吗？不，你来维加塔吧。*

※

"啊，头儿，头儿！米萨·贾凯塔打电话了！他说没什么重要的事情，您不用回，他会再打来的。"

法维奥·贾凯蒂，那位银行经理、新手爸爸，他有什么要说的？

"他回电话时，帮我接进来。"

"啊，头儿，我差点儿忘记了。法齐奥打电话来，让我告诉您，他知道他什么时候去的医院。"

"法齐奥要进医院？"蒙塔巴诺震惊地说。

"不，不，头儿，别担心，我刚才可能说错了。所以我再说一遍，请原谅我。法齐奥对我说，让我告诉您，他知道他什么时候——这个'他'不是法齐奥，是一个其他的人，什么时候去的医院。"

他终于明白了：法齐奥得知巴都乔·西纳格拉进医院的日期了。

"什么时候？"

"他说是九月三号。"

这就对了。所以，巴都乔有足够的时间去下达任何命令。但为什么反黑手党委员会里没有人得出同样的结论呢？

为什么他们认为缉毒署的消息是可靠的呢？为什么他们如此确信匿名信不是真的？还是，他们已经调查清楚了，但不想让人知道？

※

"是蒙塔巴诺吗？我是麦卡努哥。"

"嗨，怎么样，办好了吗？"

"是的。"

"有什么事呢？"

"首先，我想问你点事。"

从他的语气中可以感觉到急切。也许发生什么事了，或者是他和上司发生矛盾了。

"继续，问你的问题吧。"

"你能在一小时内把搜查证给我吗？"

"一小时之内？我可以试试。"

"马上行动吧。"

"你需要掩护吗？"

"是的。我总不能告诉检察官，我是非法进入杰拉切路的公寓的吧，他很死板。"

"你为什么要告诉他？"

"因为……"

也许有人看到他们破门而入了。如果被稽查队抓住可就有意思了！

"你自己去的吗？"

"当然。没有搜查令的话，我必须承担责任。先把搜查令给我，回头再告诉你为什么必须汇报。"

"好吧，你拍了照片吗？能尽快发给我吗？"

"有四张照片，你很快就会收到。回聊。"

※

等法齐奥回来，蒙塔巴诺已经向托马塞奥检察官汇报了阿尔法诺失踪的事，获得了搜查授权，并从蒙特鲁萨传真给了麦卡努哥。

法齐奥的表情有些困惑。

"怎么了？"

"头儿，问题是我们错了。"

"你能说清楚点吗？"

"我把多洛雷斯给的乔凡尼·阿尔法诺的信息与失踪者进行

了比对。您记得我说过，没有任何人的信息与我们在科瑞塔鲁找到的尸体信息一致，是吧？"

"是的，我记得。"

"嗯，现在有了，他的信息与阿尔法诺在年龄、身高、体重等方面都高度一致。"

现在轮到蒙塔巴诺糊涂了。

当他们面面相觑的时候，门突然开了，哐的一声。蒙塔巴诺和法齐奥异口同声地骂了句脏话，而坎塔雷拉仍然在门口，若有所思。

"你不进来吗？"

"头儿，我想，也许我应该试着用脚敲敲门，因为我的手总是滑。"

"不，你应该试着这样做：当你在门口时，不要敲门，而是拿出你的枪，对空鸣放。这样噪声还小一点。怎么样？"

坎塔雷拉走了进来，来到书桌前，把四张照片放在桌上。

"这是焦亚塔鲁刚刚发过来的，我把它们打印出来了。"

他出去了。

"您最好小心点，头儿。下一次，那个家伙真的可能会按您说的那样开一枪，"法齐奥担心地说，"而这可能会引发一场革命。"

"别担心，"蒙塔巴诺说，"来看看这些照片吧。"

法齐奥走到他身边。

第一张是卧室，照片采取的拍摄角度让整间屋子都出现在了镜头里。右边是一扇敞开的门，可以瞥见浴室。床几乎和阿尔法诺夫妇在维加塔的床一样大，有一个衣橱，一个抽屉柜，还有两把椅子。一切井井有条，只是有一条随意丢在床上的裤子。

第二张展示的是客厅角落里的厨房和吊橱。还有一张小桌子和四个凳子、两把扶手椅、一台电视、一个边柜和一台冰箱。挨着水槽的是一瓶红酒，一罐啤酒，还有两个杯子。

第三张照片显示的是浴室。但照片里只有水槽、马桶和浴盆。很明显，最后一个用马桶的人忘了冲水，因为马桶里有大便。

第四张是床上那条裤子的特写。

"那位女士不是说她离开时，一切都井井有条吗？"法齐奥说。

"是啊。这意味着有人在她离开后进入了公寓。"

"她丈夫？"

"也许吧。"

"肯定是和别人一起的，因为有两个玻璃杯。"

"是啊。"

"您怎么看，警长？"

"我现在什么都不想。"

"我们要怎么办？"

"我们必须立刻把这些照片拿给多洛雷斯看。打电话给她，问是她来，还是我们去。"

※

多洛雷斯·阿尔法诺把他们带进客厅，脸上没有一丝微笑。她显然很紧张，想知道两个人想要告诉她什么事。她甚至没有问他们要咖啡还是喝点什么。蒙塔巴诺权衡着他的选择。她肯定不喜欢他要告诉她的事，他是应该直截了当还是旁敲侧击？最好不要浪费任何时间。

"夫人，"他说道，"我记得今天早上你说过，离开焦亚塔鲁时，你把屋子打扫干净了，一切井然有序。是这样的吗？"

"是的。"

"你没有请清洁工？"

"我自己打扫卫生。"

"所以，你一离开焦亚塔鲁，把屋子锁起来，就没有人进去了，是吗？"

"我觉得这很合乎逻辑，不是吗？"

"还有一件事，夫人。在你看来，你丈夫是否会把公寓借给一个需要找地方住的朋友，或者是借住的亲戚呢？"

"他不在的时候，您的意思是？"

"是的。"

"绝对不可能。"

"为什么？"

"因为乔凡尼占有欲很强。对我，对他的物件，对属于他的一切都是这样。您可以想象一下，如果把公寓借给别人他会怎样……"

蒙塔巴诺给法齐奥使了个眼色，法齐奥把手里的信封交给警长。这时她短暂地停顿了一下。

警长拿出三张照片放在桌子上。第一张是卧室的照片，多洛雷斯马上就认出来了。

"那是……我可以看一下吗？"

"当然。"

多洛雷斯拿起照片，看着它，一句话也没有说，但从她半开的嘴里传来了一种微弱的、悠长的悲叹。然后，她闭上眼睛，靠在椅背上，照片仍在手里。她这样待了一会儿，胸部因呼吸急促而上下起伏着，等着忘掉刚刚看到的一切。然后她深深地叹了一口气，睁开了眼睛，弯下腰，抓住了其他两张照片。她甚至不需要仔细看就扔回了桌上。

她脸上血色少了很多，原本黝黑的皮肤变得灰暗。

"有人……有人在我离开后……进去了，这是不可能的……我把一切都整理好了……"

蒙塔巴诺从信封中拿出了第四张照片——裤子的特写，递给了她。

"我知道这是一个很难的问题，但是你能告诉我，这条裤子是你丈夫的吗？"

她看了一眼照片，然后又靠在椅子上，再次闭上了眼睛。然而，这一次，一滴眼泪从她的左眼流下来，只有一滴。非常圆润。看起来像一颗珍珠。一滴泪比一整片眼泪更悲伤、更绝望。多洛雷斯用柔和的声音说：

"这裤子是他出发去登船时穿的。"

"你确定吗？"

多洛雷斯·阿尔法诺没有回答，她站起来，走到客厅的一个柜子前，打开抽屉，拿出放大镜回到桌子上，又拿起了照片。然后她把放大镜和照片递给警长。她已经完全控制住了情绪。

"看到了吗？腰带还在裤子上。如果您仔细看的话，铜制的皮带扣上有个图案，是他的名字首字母 G 和 A 交织在一起形成的，这是他在阿根廷定制的。"

警长看不清姓名的缩写，但他能看出皮带扣上刻了什么东西。

"所以，很明显你丈夫等你离开后再次回到公寓，还带了其他人。"

"但是为什么呢？回去做什么？"

"也许他需要一点时间，等着一个特定时间,他不想被人看见，因为他按理说已经上船了。你丈夫喝酒吗？"

"是的，但他不喜欢啤酒。"

"显然，和他在一起的人喜欢啤酒。公寓里是不是之前就有啤酒和红酒？"

"是的，冰箱里有啤酒，因为我喜欢喝。"

"正如你所看到的，浴室里一团糟。你丈夫在意房间的卫生吗？"

"警长，任何在船上长时间逗留的人都严格遵守卫生规则。我丈夫有洁癖。"

"所以不可能是他把浴室弄脏不打扫？"

"绝对不是他。他肯定不知道和他在一起的人没有冲……"

"他为什么要换裤子呢？"

"我不能理解。也许他把裤子弄脏了，或者弄破了。"

"从照片里看起来不像。"

"我不知道该说什么。"

"他带换洗衣物了吗？"

"当然带了。那天早上他带了两个大箱子走的。"

"衣柜里没有他的衣服了吗？"

"没有了，他把衣服都带走了。"

"所以，一回到杰拉切路，你丈夫就打开了一个包，拿出一条裤子穿上，而没有穿他之前的那条。"

"显然是这样。"

12

直到那一刻，多洛雷斯·阿尔法诺还在努力保持冷静，控制自己的情绪。现在她开始微微颤抖，仍然在勉强掩饰自己的感情。

"对不起，我去一下洗手间。"她站起来说。

她走了出去。门开着，他们能听到她的呕吐声。

"法齐奥，你拿手机了吗？"警长也站了起来，问法齐奥。

"带了，头儿。"

"打电话给坎塔雷拉，问一下他焦亚塔鲁警局的号码，然后打过去找麦卡努哥警长。接通后把电话递给我。"

"您现在要去哪里？"

"去阳台上抽支烟。"

他感到非常疲倦，犹如一吨铁落在他身上一样。疲惫突然来袭，就在他研究那张牛仔裤的照片时，大脑中突然闪过一个想法。多么奇怪的反应！

他想要说些生气或搞笑的话，可他没说，只有疲惫和沮丧。

他从窗户望向港口，轮船正在靠岸，海鸥低飞，渔船搁浅，一种莫名的悲伤涌上心头，梗在他的胸口。

"我已经拨通了麦卡努哥的电话了。"法齐奥说，从窗台上把电话递给了他。

"我是蒙塔巴诺。你拿到搜查令了吗？"

"是的，谢谢。"

"我想问一下，床上的裤子有没有脏了或是破了。"

"绝对没有。"

"采集指纹了吗？"

"没有。"

"你什么意思，没有？"

"我亲爱的萨尔沃，有人费了很大的心思让现场不留下任何蛛丝马迹。动作专业，非常完美。你肯定不会惊讶，这在你的意料之中吧？"

"是的。"

"好吧，看看我的其他消息是否可以让你感到惊讶。在浴室的天花板上，洗脸盆上方，有一个活板门。"

"这在你发来的照片中是看不见的。"

"那是因为镜头拍摄的角度看不到它。不管怎样，我爬上梯子，打开活板门。那里有个储物间，我找到了一个空箱子和一个鞋盒。"

"我应该对什么感到惊讶呢，箱子还是鞋盒？"

"鞋盒。它也是空的，但我注意到，在底部盒子，有一些白色粉末的痕迹，我对粉末进行了化验。"

"可卡因。"

"正是。所以我才必须通知检察官。"

"我明白。谢谢你，麦卡努哥。我会联系你的。"

他回到屋里。法齐奥坐在扶手椅上。多洛雷斯还没有从浴室回来。

"麦卡努哥说了什么？"

"回头再告诉你。"

多洛雷斯走进房间。她洗了脸，换了件衣服，但没有恢复活力。她的动作，走路的姿势，她的眼睛，看上去都很委顿。她叹了一口气坐了下来。

"对不起，我觉得很累。"

"我们马上就走，夫人，"警长说，"但我还得问你至少一个问题，这对调查是有帮助的，很有帮助。我知道，对你来说，在这样的时刻问你过去的事很痛苦，但我别无选择。"

"说吧。"

"你是怎么认识你丈夫的？"

这个问题令法齐奥感到震惊，他惊讶地看着蒙塔巴诺。多洛雷斯夫人在回答前沉默良久，仿佛需要从剧痛中缓过来。

"他来到我父亲的办公室。"

"在波哥大吗？"

"不，我们那时在普图马约。"

普图马约是哥伦比亚最大的毒品生产中心。菲利波·阿尔法诺找对地方了。

"护士已经几天没来了，"多洛雷斯继续说道，"我父亲让我去顶她的班。"

"你父亲是医生？"

"牙医。"

"乔凡尼需要什么样的牙科服务？"

回忆让她露出了笑容。

"他从摩托车上摔了下来。父亲需要给他安一颗义齿。"

他还需要知道什么？他至少在半个小时前就知道在科瑞塔鲁死的人是谁了。疲劳使他的腿疼痛不已。他努力地从扶手椅上站起来。法齐奥也站了起来。

"谢谢你，夫人。我一有消息就告诉你。"

"谢谢你。"多洛雷斯说。

她并没有大吵大闹。不抓他，不拽他的手，也没有抓他的衣领。她端庄，沉稳，清醒。警长第一次对她产生了钦佩。

※

"那个女人真有魅力！"法齐奥一走到街上就佩服地说，"我以为会看到她发狂的场景，而她却控制住了自己，比男人还厉害。"

蒙塔巴诺对他的评论没有发表看法，只是问："你知道帕斯夸诺在给科瑞塔鲁的受害者进行尸检时，在胃中发现了一颗义齿吗？"

法齐奥正弯下腰开车门，中途停了下来，抬头望着他，整个人都惊呆了。

"他胃里有一颗义齿？"

"很确定是他了。很明显，就在他死前不久，义齿脱落了，他把牙吞下去了，死的时候还没有从身体里排出。"

法齐奥还在半弯着腰。

"还有更多信息，"警长继续说，"南美洲的牙医通常使用的这种义齿。"

法齐奥突然站直身子，仿佛终于明白了蒙塔巴诺所说的话。

"那么……在你看来，科瑞塔鲁的死者……"

"是乔凡尼·阿尔法诺。不是在我看来，而是在马太看来。"蒙塔巴诺总结道。"无论如何，你自己说阿尔法诺的信息与死者非常接近。"

"天啊，您说得对！但是，不好意思，马太是谁？"

"我待会儿告诉你。"

"但是为什么会有人想杀他？"

"你知道麦卡努哥告诉了我什么吗？首先，所有的指纹都被擦掉了。"

"专业人士作案？"

"显然是。他说的第二件事是，他们发现了一个空鞋盒，里面有可卡因的痕迹，就放在浴室上方的一个储物间里。"

"天啊！"

"是的。这意味着，尽管受到了严格的监控，但阿尔法诺还是与毒品搅在了一起。也许他就是贩毒的马仔。"

"这似乎是不可能的。"

"不管可能与否，所有情况让我们得出了这样的结论。所以乔凡尼·阿尔法诺在光天化日之下走上了父亲的老路，开始在老板眼皮子底下做些勾当。"

"唐·巴都乔？"

"看起来是。在巴都乔的眼里，这是不能容忍的严重罪行。尽管父亲是叛徒，但乔凡尼一直被视为家族一员。事实是，巴都乔不仅没有遗弃他，反而还在哥伦比亚帮助他。所以，乔凡尼骨子里就是个叛徒。他必须死。你能跟上我的思路吗？"

"跟着呢，继续说。"

"所以，唐·巴都乔设计了一个巧妙的计划。他让乔凡尼带着多洛雷斯前往焦亚塔鲁，然后将他绑架，带回到维加塔杀死，切碎并装进垃圾袋。他甚至告诉手下妥当安排，让尸体一时不会被发现。这样每个人都会认为乔凡尼上了船。尽管巴都乔后来进了医院，但该计划顺利执行。然而，乔凡尼的妻子在丈夫出发两个月后才开始怀疑，并告诉了我们。"

"但是为什么要把他切成碎块，埋在科瑞塔鲁呢？"

"你读过福音书吗，法齐奥？"

"没读过，警长。"

"这就麻烦了。"

他解释了整个故事。当他讲完后，法齐奥正张着嘴看着他。

"看起来似乎是唐·巴都乔留下的签名！"

"对。这就是为什么一切都讲得通，你不觉得吗？"

"我当然这么认为。那么我们现在该怎么办？"

"我们需要再等一等。"

"怎么跟多洛雷斯夫人说呢？"

"现在告诉她任何事情都是没有意义的……只会让她痛苦，根本不会帮助她。尸体已经不成样子，她甚至无法辨认出来。"

"头儿，我在想，给反黑手党委员会写匿名信的人知道所有的事情。"

"是啊。适当的时候，我们可以将穆桑特一军，他们对这封信太草率了。但在采取任何行动之前，请给我一天的时间好好想想。"

"都听您的，头儿。您现在去哪里？去办公室吗？"

"是的，我想去开自己的车，然后回家。"

※

法齐奥停好车，他们都下了车。

"头儿，我能到您的办公室待几分钟吗？我想跟您谈点事。"法齐奥说。在回警局的路上，他可一句话也没说。

"当然可以。"

"啊，头儿，头儿！"坎塔雷拉一边喊一边跑过来，"我有东西要亲手交给您，必须亲手交给您。"

他环视四周后，从口袋里掏出一个信封递给警长。

"谁给你的？"

"奥杰洛。他让我必须一看到您就亲手交给您。"

"他在哪儿？"

"他刚离开，但是他说一会儿就回来。"

蒙塔巴诺朝他的办公室走去，法齐奥跟着进去了。

"坐吧，法齐奥，我看看米米写了什么。"

信封打开，里面只有几行字。

亲爱的萨尔沃：

　　写这封信是为了提醒一下，你承诺会尽快回复我，是否打算把我们现在手头上唯一重要的案子交给我处理。

　　　　　　　　　　　　　　　　　　　米米

他把纸条递给法齐奥，他读完后还给了他，一句话也没说。

"你怎么看？"

"头儿，我已经表过态了，我认为把这样的案子交给奥杰洛不是个好主意。当然这里您说了算。"

蒙塔巴诺把字条和信封装进他的上衣口袋里。

"所以，你想跟我说什么？"

"头儿，能给我解释一下，您需要深入考虑的是什么事吗？"

"我不明白。"

"您说需要一天的时间来考虑乔凡尼·阿尔法诺的事情。"

"所以呢？"

"要考虑的是什么事情呢？我觉得都水落石出了。"

"你的意思是，你觉得水落石出了，乔凡尼·阿尔法诺是巴都乔下令杀死的，对吗？"

"就是这样啊，头儿，您自己说的！"

"我说的是，我们现在掌握的所有线索必然引导我们得出这样的结论。"

"怎么讲，难道还会有其他结论吗？"

"为什么不能有呢？"

"但是您的怀疑从何而来？"

"我给你举个例子，好吗？难道你不觉得巴都乔的安排有点前后矛盾吗？"

"哪里矛盾？"

"为什么巴都乔会轻率地放乔凡尼·阿尔法诺去焦亚塔鲁呢？唯一可能的答案是：不想让乔凡尼死在维加塔，否则他很快就会进入我们的视野，所以要远离他的地盘。事情也是这样安排的。"

"那么矛盾在哪里呢？"

"矛盾在于，又把尸体带回这里，也就是回到他自己的地盘上了。"

"或许他别无选择，头儿！"

"为什么呢？"

"因为他要杀一儆百，这样家族中其他潜在的叛徒就会三思而行了。"

"是的。但是在这里杀人、在这里分尸不是也能杀一儆百吗？"

法齐奥仍然有点疑惑。

"还有其他疑点，"蒙塔巴诺继续说道，"你想听吗？"

"当然想听。"

"让我们想象一下，巴都乔派一个职业杀手去焦亚塔鲁，他是个高手，从不失手。"

"事实上，没有留下任何指纹。"法齐奥说。

"是啊。但是他在浴室天花板上的鞋盒里留下了一点点可卡因。你不觉得这像一种若有若无的提示吗？对我们来说，可卡因会让人直接联想到巴都乔。因此，简而言之，这个所谓的专业人士没能尽到他应尽的责任，消除所有痕迹，清理任何有可卡因痕迹的地方。你不觉得这很奇怪吗？"

"所以……"

"现在我要出王牌喽！"

"出呗……"法齐奥欲言又止。

"为什么要把裤子放在床上？很明显裤子是乔凡尼·阿尔法诺的——你甚至可以看到皮带扣上的首字母缩写。不仅如此，阿尔法诺也没有理由换裤子。他们完全可以把裤子放到衣柜里，这样我们就永远不会知道阿尔法诺又返回了杰拉切路。那么，裤子的用途是什么呢？是想告诉我们，阿尔法诺回到公寓了，可能是被迫，也可能是自愿？谁会从这些信息中获益呢？这是一个错误，这是一个巨大的错误，因为多洛雷斯夫人立刻注意到公寓不是她离开时候的样子。马桶里甚至有大便！杀手为什么要带乔凡尼回公寓？难道在他去登船的路上干掉他不是更好吗？唯一可能的解释是，杀手回到公寓是因为他要清除任何可能与巴都乔有关的痕迹，然而他并没有清理干净！那么，为什么和阿尔法诺一起回去呢？这些事情我想不通。"

"可以了，我服了。"法齐奥起身走了。

※

"头儿，有一位兰布鲁斯科先生找您。"

"他要干什么？"

"他说您明天早上找他。"

"那就让他明天早上来。"

"恐怕不行，头儿。他说明天早上有急事要去米兰。"

"好吧，接进来吧。"

"我没法接进来，因为他已经亲自来了。"

"那就把他带进来。"

他是一个四十多岁的男子，留着胡子，戴着眼镜，体格不大，头发到脚趾都光鲜亮丽。

"您好，我是卡洛达姆·达布鲁斯科。非常抱歉，我知道您叫我明天早上过来，但因为我明天要……"

"你有什么事？"

"嗯，我……想我收到了通知……嗯，总之，我是乔凡尼·阿尔法诺的朋友。"

"啊，原来如此。请坐吧。"

"乔凡尼发生什么事了吗？"

"他本应该登船出海的，但并没有出现。"

"没出现？"

"嗯，他的妻子已经提交了一份失踪报告。"

卡洛达姆·达布鲁斯科似乎被这则消息震惊了。

"他没有上船？"他又问道。

"没有。"

"那么他去哪儿了？"

"我们也在查。"

"我最后一次见到他……"

"是什么时候？"

"让我想想……九月一日。"

"继续说。"

"他来跟我道别，因为他两到三天以后起航……他没有透露他不打算……他对工作非常认真。"

"你们很熟吗？"

"怎么说呢……小时候我们就是好朋友，在他去哥伦比亚之前……他回来后我们恢复了联系，但有些不同了。我们还是朋友，但没有那么亲密……"

"我明白了。他信任你吗？"

"在哪方面？"

"在朋友关系上。例如，他有没有跟你谈过和妻子的关系？他有没有提到过旅途中遇到过别的女人？"

卡洛达姆·达布鲁斯科使劲地摇了几下头。

"我真的不这么认为。他是一个严肃的人，不是那种轻率对待感情的人。无论如何，他非常爱多洛雷斯。事实上，他告诉我，他在海上时非常想念她。"

"多洛雷斯呢？"

"我不明白。"

"多洛雷斯很想念出海的丈夫吗？"

卡洛达姆·达布鲁斯科稍加思考了一下。

"这个我不好说。每次我见到多洛雷斯，她都和乔凡尼在一起。他不在的时候，我也没有机会和她说话。"

"很好，但我不是这个意思。"

"我知道。关于您的问题，不，我从来没有听说过任何多洛雷斯不检点的流言。"

"最后一个问题。据我们所知，乔凡尼在老家维加塔只有三个经常交往的朋友，你就是其中之一。明天早上我会找另外两个谈话。他和你们三个中的哪一个最亲近？"

卡洛达姆·达布鲁斯科毫不犹豫地回答："米歇尔·特里波迪。他就在外面。"

"你是说他也在这儿？"

"是的。我坐他的车来的。我的车明天要带去米兰，现在还在机修工那里。"

"你能帮我一个忙吗？问他能否现在来见我，不要等到明天早上了？只需要占用他不到五分钟的时间。"

"当然可以。"

13

　　米歇尔·特里波迪看起来也是四十岁左右,但不像卡洛达姆·达布鲁斯科那样身材矮小,骨瘦如柴。他个子高高的,有运动员气质,亲切和蔼,英俊潇洒。

　　"卡洛告诉我乔凡尼失踪了,这是真的吗? 多洛雷斯知道了吗?"

　　"这事正是阿尔法诺太太报告的。"

　　"他是什么时候失踪的呢? 多洛雷斯从焦亚塔鲁回来的时候告诉我,乔凡尼已经上船了。"

　　"乔凡尼想让她这么认为,或者说被迫让她这么相信。"

　　米歇尔·特里波迪的脸色暗淡下来。

　　"我不喜欢。"

　　"你不喜欢什么?"

　　"您刚才说的话。乔凡尼没有欺骗多洛雷斯,也不会有任何理由让她相信一些子虚乌有的事情。"

　　"你确定吗?"

　　"确定什么?"

　　"刚才你说的那些。"

"警长，乔凡尼深爱着多洛雷斯，我的意思是身体上的迷恋，以至于他告诉我，他都不确定是否可以和另一个女人做爱。"

"他有敌人吗？"

"我不知道在漫长的海上航行中……无论如何，如果有的话我想他肯定会向我提起的。"

"听着，这是个微妙的问题，但我不得不问你。如果乔凡尼被绑架了，这会不会是一种派系仇杀？"

米歇尔·特里波迪秒懂警长的意思。

"您的意思是针对西纳格拉家族的报复？"

"是的。"

"警长，乔凡尼对唐·巴都乔深怀感激，因为他在他父亲去世的时候帮过忙……但乔凡尼是一个正直的人，他完全没有涉足西纳格拉家族的业务……他一直对父亲菲利波在哥伦比亚的所作所为感到羞愧……当然，他每次来维加塔都会给唐·巴都乔打电话，这是真的，毫无疑问，但这并不是说他们的关系很亲近……"

"我明白了。据你所知，乔凡尼曾经吸食可卡因吗？"

米歇尔·特里波迪大笑起来。

"您在开玩笑吗？乔凡尼讨厌毒品！他甚至不抽烟！他甚至让多洛雷斯戒烟！还记得他父亲是怎么被杀的吗？嗯，这件事他会铭记一生，也会在他的行为上体现出来。"

"对不起，我还有一个小问题要问你，是关于多洛雷斯的。镇上似乎对她有两种相互矛盾的看法。"

"警长，多洛雷斯是个美丽的女人，她经常被迫独自久居。

也许她有点冲动，有点过分，而这有时会引起误解。"

"给我讲一个。"

"一个什么？"

"给我讲一个这样误解的例子。"

"嗯……她来到维加塔大约一年后，一个家境良好的十八岁男孩开始为她唱小夜曲，是真的给她唱歌，然后开始打电话骚扰她，有一次甚至试图闯进她的公寓……多洛雷斯不得不打电话给警察……"

"只有十八岁的孩子？没有成年人？"

"有。大约两年前，有一件更严重的事情，一个屠夫为她发狂，失去了理智，做了一些可笑的事，比如每天送她一束玫瑰花……最后他不得不搬到卡塔尼亚去了。幸运的是，可怜的多洛雷斯终于不再遭受折磨了。"

蒙塔巴诺笑了。

"是的，我之前就听说屠夫的故事……他的名字叫佩科雷拉，如果我没有记错的话……"

"不是，叫佩科里尼。"特里波迪纠正道。

※

把房子租给米米幽会用的屠夫两年前爱上过多洛雷斯·阿尔法诺，这件事重要吗？乍一看，这似乎并不重要。但是在特里波迪给警长讲屠夫的故事时，警长的大脑里突然冒出一个问题。特里波迪说，为了摆脱那个困扰着她的男孩，多洛雷斯只好叫警察。但他没有说多洛雷斯在屠夫的事件里采取了什么行动。显然她那时没有请求警察帮忙。而是屠夫搬去卡塔尼亚，从而把问题解决了。这正是问题所在：如果他是那么爱多洛雷斯，为什么要在一夜之间离开维加塔？他遇到了什么事？

"法齐奥，来我办公室，赶紧！法齐奥！"

"怎么了，头儿？"

"你记得佩科里尼吗？"

"那个屠夫？记得。"

"我想知道两年前他为什么离开维加塔镇，去卡塔尼亚开肉店。最迟明天早上告诉我。"

"好的，头儿。这个佩科里尼干了什么？卖疯牛肉还是怎么的？"

※

天已经很晚了，警长饿极了。正当他要站起来时，电话响了。他犹豫着要不要接起来，但该死的责任感打败了他。

"头儿！啊，头儿！贾凯塔先生找您。"

警长记得贾凯蒂曾找过他。

"让他进来。"

"我做不到，警长，因为他在电话里。"

"那就接进来。"

"蒙塔巴诺警长？我是法维奥·贾凯蒂，银行经理……您还记得我吗？"

"我当然记得你。你的妻子和孩子好吗？"

"很好，谢谢。"

他陷入了沉默。

"所以呢？"警长提醒了他一下。

"嗯，虽然我们已经在通话了，但我还不确定是否真的应该……"

上帝啊！多么痛苦！警长想起银行经理是一个进一步退两步的人，一个自小精通优柔寡断这门艺术的人。他不想再浪费更多时间了。

"应不应该就交给我来判断吧。你想告诉我什么？"

"但这可能不重要……"

"听着，贾凯塔……"

"是贾凯蒂。好吧，我告诉您，即使它不重要……嗯，我又看见那辆车了，我敢肯定。"

"什么车？"

"那辆要撞女人的车……还记得吗？"

"记得。你又看见了？"

"是的，就在昨天。等红灯的时候它就在我面前。这次我记下了车牌号码。"

"你非常确定那是同一辆车吗，贾凯蒂先生？"

贾凯蒂先生被问得一愣。

"您问我是否非常确定？我怎么可能百分之百确定呢？有时我能肯定，有时不能。在某些时刻我可以发誓我能肯定，而有时候我真的不能……我怎么可能……"

"让我们假设这是你感到绝对肯定的时刻之一。"

“好吧，好吧……除此之外，我得告诉你，那天晚上的那辆车左尾灯坏了，这辆车的左尾灯也坏了。”

“你应该知道，贾凯蒂先生，你那天晚上看到的情况没有什么下文。”

“哦，真的吗？”

“是的。所以，如果你愿意，可以给我车牌号码，但我认为这不会有任何用处。”

“那么，我该怎么办？要给你车牌号码吗？”

“请讲吧。”

“BG329ZY。”贾凯蒂先生心不在焉地说。

“给孩子一个吻。”

※

现在没有人烦他了吧？他现在可以回家，坐在阳台上，静静地想想今天了解到的这些事，然后慢慢地解开大脑中的疙瘩了吧？

他关上了办公室的门。

“明天见，坎塔。”

“晚安，头儿。”

他走出办公楼，朝停车场车走去。米米·奥杰洛一定已经回到办公室了，因为他的车在警长的车旁边停着，蒙塔巴诺不得不侧身从两辆车中间挤过去。他上车，发动，开走了。沿路开了十几公里后，他突然猛踩刹车，引起后面一片咒骂和喇叭声。

他看到了什么。他一半的大脑想把他所看到的东西集中起来，另一半大脑却拒绝了，不愿意相信眼睛传达的信息。

"滚开，混蛋！"旁边经过的一个司机喊道。

蒙塔巴诺调头回去，洪水般的汗水突然从额头上浇下来，眼睛只好半闭着，根本看不清路。最后他回到了警察局的停车场。他停了车，用胳膊擦了擦脸上的汗水，他打开车窗看了看。有破碎的尾灯，有号码为 BG329ZY 的车牌。

这辆车是米米·奥杰洛的。

剧烈的痉挛像刀一样刺伤了他的内脏，肚子里扭曲抽动，喉头一紧，酸水涌了上来。他匆忙从车里出来，靠在汽车后备厢上，开始呕吐，好像把灵魂都吐出来了。

※

回到马里内拉，他意识到不仅胃口完全消失，脑子也停转了。他打开阳台上的落地窗。晚上太冷了，没法游泳。于是他拿着一瓶威士忌和一个玻璃杯，拔了电话线，走进浴室，脱下衣服，开始泡澡。

这是一个很好的缓解压力的办法。两个小时后，他几乎把酒喝光了，水变冷了，但他已经闭上眼睛睡着了。

凌晨四点钟左右，他醒了，还泡在浴缸里的他差点冻死。所以他赶紧用热水淋浴，还喝了一大杯浓咖啡。

现在他准备进行一些思考，尽管胃里仍然有点儿恶心。他拿起一张纸和一支钢笔，坐在餐桌旁，开始给自己写信，整理自己的思绪。

亲爱的萨尔沃：

当你在停车场呕吐时，有两个词在你的大脑里游荡：合伙和共谋。

你让这两个词就那么漂着，不想厘清它们的关系。因为如果厘清了，你一定不喜欢即将看到的事实。也就是说，米米·奥杰洛和多洛雷斯·阿尔法诺正在合伙共谋做些什么。

让我试着梳理一下。毫无疑问，米米和多洛雷斯是情人，他们在屠夫佩科里尼的房子里约会。大胆猜测一下，他们是九月份的某一天认识的，大概是在乔凡尼·阿尔法诺预计出海的日子之后几天。

是谁主动的呢？米米还是多洛雷斯？虽然没有实质性差别，但弄清这一点非常重要。我会尝试通过回溯的方法来解释得更清楚一些。

在科瑞塔鲁发现被肢解的尸体开始，米米就坚持要求把调查权交给他。

为什么非得是这个案件？答案可能是：因为这是我们目前唯一重要的案件。

这个解释刚开始还说得通，直到后来我几乎确定在科瑞塔鲁发现的尸体的名字是乔凡尼·阿尔法诺——多洛雷斯失踪的丈夫。这彻底改变了整件事情，并引出了一些不可避免的问题。我现在把问题一个个列出来，逐个击破。

——米米知不知道，我迟早会确定尸体是他情妇的丈夫？

——如果是这样的话，米米是怎么在我们把尸体和多洛雷斯联系到一起之前就知道尸体是乔凡尼·阿尔法诺的？

——米米是被多洛雷斯胁迫或性勒索，才去争取这个案件的调查权吗？

——米米是不是不得已才向我施压，因为他不能或不知道如何对多洛雷斯说不？

——两个人是否曾因为此事吵得很厉害？根据法维奥·贾凯蒂亲眼目睹的场景来看，是这样的。

——谁最有可能告诉米米，在科瑞塔鲁发现的尸体是他情妇的丈夫呢？只能是多洛雷斯。

——多洛雷斯是不是既知道她的丈夫没有登船，也知道他被谋杀了呢？

——为什么尸体被发现后，多洛雷斯来警察局了？答案只有一个：因为她想通过巧妙的手段引导我，让我得出这样的结论：被谋杀的受害者是她的丈夫。

——她还想引导我得出另一个显而易见的结论：杀乔凡尼的人是巴都乔·西纳格拉。

——于是，现在出现了两个问题。究竟是多洛雷斯知道米米是我的副手，所以才想方设法抓住他，并企图通过他来控制调查的进程呢？还是多洛雷斯事后才发现米米是我的副手，然后决定利用这一点？无论是哪种情况，多洛雷斯的目的都是一样的。

——所以，米米和多洛雷斯是共同谋划，逼我把这个案件移交给米米处理的吗？

——米米坚持让我把任务分配给他，并把这件事情弄得尽人皆知，是为了避免与多洛雷斯发生冲突吗？

——如果事情是这样的话，你怎么定义米米对你的行为？

想到这一点，他不得不停下来，因为他又突然开始恶心了，涌上来一股液体，嘴里有些苦。他起身走到阳台。

外面还是很黑。他坐在长凳上。

如何定义米米的行为呢？

他知道答案，他立刻就知道答案了，但他不想说，也不想写下来。

米米已经背叛了他，这一点不再有疑问。

并不是因为他有情人。那种事，以及米米的私生活，他一点也不关心。就算是这次，如果当初不是利维娅把他牵扯进来的话，他也一点儿都不关心，哪怕米米要和一个男孩儿结婚，他也不会眨一下眼睛。

不，当米米意识到多洛雷斯想要从他身上得到的并非情人身份，而是他的警察身份时，背叛就开始了。虽然他作为"女性收割机"的虚荣心肯定受到了很大的打击，但他还是不能也不愿和多洛雷斯分手。也许他太迷恋她了。毕竟，多洛雷斯是那种能把男人变成邮票贴在她皮肤上的女人。所以，这时米米应该带着开放的心态跟他说："听着，萨尔沃，我已经被卷入这件事了，但是这事已经发生了，现在我需要你帮我摆脱困境。"他们是朋友，不是吗？

还有更过分的事。米米不仅没有告诉他自己所处的困境，而且，在他和多洛雷斯之间，他选择了多洛雷斯。米米与她合伙迫使他——蒙塔巴诺——采取一些措施。因此，米米出于维护女人的利益采取了行动。一个朋友不是出于对你的利益的考虑，而是出于对另外一个人的利益的考虑，不告诉你他的所作所为，怎么能说不是背叛了你们的友谊呢？

最后，警长还是说出了口。米米是一个叛徒。

叛徒这个词一出现在他的脑海里，他就无法进行思考了。有那么短暂的一瞬间，警长的大脑完全是空的。空洞变成沉默——不仅没有言语，甚至是没有丝毫的声音。黑暗中隐约可见一道光亮，那是海浪一如既往在拍打着海滩，但此刻海浪竟然没有任何声音。远处有一艘远洋渔船，他在阳台上本来应该能听到引擎的声音，但并没有。仿佛有人关掉了声音的开关。

接着，在世界的沉默之中，甚或是宇宙的沉默中，蒙塔巴诺听到一个短促的声音，这声音奇怪而悲伤，同样的声音在重复着。这是什么？

他花了好一阵才意识到，声音是从自己身上传来的。他不安地哭了。

※

他努力压制自己正在滑向地狱的情绪，千方百计摆脱困境。

这才是他的样子。他是一个能理解很多别人不能或不愿理解之事的人。他可以理解人会脆弱，会失去勇气，会因为傲慢而无视现实，会松懈倦怠，会编造谎言，会在丑陋动机下做出丑陋的行为，或者出于懒惰、无聊和自私而做出种种勾当等等。但他永远无法理解或原谅不忠和背叛。

"哦，是吗？我勇敢的骑士，无与伦比、无所畏惧的骑士说他永远无法原谅背叛？"

"是的，这是我永远无法说服自己的东西。而你，也就是我，很清楚这一点。"

"那么，你是如何原谅自己的呢？"

"我？我没有什么是需要自己原谅的。"

"你真的这么肯定吗？请你好好回忆一下那个晚上好吗？"

"为什么？发生什么了？"

"你忘了吗？我们一起经历的那些事儿？事情是这样的，你就像今晚一样沮丧，也是因为同样的原因，但是当时英格丽在你身边抚慰你。伙计，她是不是曾经抚慰过你啊？"

"那是因为……"

"蒙塔巴诺，这些因为和所以太冠冕堂皇，但不能改变一个事实：这就是所谓的背叛。"

"你知道我说什么吗？我说这一切的发生都是因为

那个该死的科瑞塔鲁，因为那片陶工之地。"

"你这话是什么意思？"

"我认为，那个地方是终极的背叛之地，在那里，叛徒背叛了自己的生命，那里是被诅咒的。凡是以这种或那种方式接近那里的人，都会成为叛徒。我背叛了利维娅，多洛雷斯背叛了米米，米米背叛了我……"

"好吧，如果是这样的话，那就原谅米米吧。你们——是我们——都在同一条船上。"

他站起来，走进房间，坐下来，继续给自己写信。

14

所以，亲爱的萨尔沃，如你所见，这是我把这两个词连在一起得到的好结果。但是，如果事情是这样的话，仍然有些问题待解答。第一个问题：多洛雷斯怎么知道是巴都乔派人绑架并杀害了乔凡尼的呢？第二个问题（以及后续问题）：为什么多洛雷斯那么肯定是巴都乔杀了乔凡尼呢？乔凡尼和巴都乔关系如何？第三个问题：为什么多洛雷斯要通过米米控制案子的调查？

问题一可能的答案：

多洛雷斯告诉我们，她开车从焦亚塔鲁回来的路上睡着了，在一个汽车旅馆过夜，第二天回到维加塔。她说的这些很可能不是真的。也就是说，她因为自己的某些原因留在了焦亚塔鲁，从而发现乔凡尼被巴都乔的人绑架了，没能上船。但是，她为什么不告诉我们呢？也许因为这只是她的猜想，她没有证据。也许因为她不知道丈夫是如何被杀死的，不知道尸体在哪里，直到米米告诉她在科瑞塔鲁发现了被肢解的尸体时，她才知道。

问题二可能的答案：

答案只有一个，乔凡尼是巴都乔的一个马仔。他一定干得很出色。多洛雷斯一定很清楚这些勾当。然而有一天，他背叛了巴都乔，于是被巴都乔杀了。因此，多洛雷斯毫不怀疑是谁下令杀死她丈夫的。

问题三可能的答案：

多洛雷斯知道——因为乔凡尼明确告诉过她——巴都乔是多么精明狡猾。她被一种不可抗拒的复仇欲望所驱使。她想让巴都乔血债血偿，但也清楚老黑手党很擅长钻法律的空子，过去他们屡试不爽。如果控制了米米，她就能避免这种事情发生，因为她决不会让他放弃对巴都乔的打击。

亲爱的萨尔沃，我已经知无不言了，情况大体就是这样。现在看你的了。

祝你好运！

※

天刚破晓，他从桌子旁站起来，寒气从上到下侵袭着他的脊背。他宽衣洗澡，热气瞬间占领了整个屋子。当他出来时，身上烫得像刚出锅的龙虾一样红。他刮了胡子，煮了一壶咖啡，习惯性地喝了一大杯。然后走进卧室，穿好衣服，拿出一个小旅行袋，放进去一件衬衫、一条裤子、一双袜子、两条手帕和他正在读的一本书。回到餐厅，他重新读了一遍写给自己的信，然后带到阳台上，用打火机烧了。他瞥了一眼手表，将近六点半。他走进屋，用座机拨了一个电话号码，把手机放进口袋里。

"你好？"法齐奥回答说。

"我是蒙塔巴诺。是不是把你吵醒了？"

"没有，头儿。怎么了？"

"听着，我得出趟门。"

法齐奥警觉起来。

"您要去鹿嘴村吗？发生什么了？"

"我不去鹿嘴村。我争取今晚回来，最晚明天早上回来。如果我今晚回来，无论多晚，我都会打给你。可以吗？"

"好的，头儿。"

"别忘了我让你办的那件事，你务必查出为什么佩科里尼两年前离开维加塔。

"您放心。"

"今天早上，阿尔法诺的一个朋友要来警局。昨天晚上我和另外两个人谈话了。你和这个人谈一谈。"

"好的。"

"多洛雷斯给你的焦亚塔鲁的公寓钥匙放在哪儿？"

"在我桌子上的信封里。"

"我会过去拿。哦，对了，如果你碰巧遇到奥杰洛，别告诉他我去了焦亚塔鲁。"

"头儿，他现在不跟我们任何人说话。但如果他碰巧问我的话，我该怎么和他说呢？"

"告诉他我去医院做例行检查了。"

"您自己跑去医院做检查？他永远不会相信的！有没有更好的说法？"

"你想吧。但绝对不能让他怀疑我是去查和科瑞塔鲁谋杀案相关的事情去了。"

"抱歉，头儿，就算他会怀疑，那又怎样？"

"照我说的去做，不要争辩。"

警长挂断了电话。

啊，如此肮脏，四处都是陷阱，陶工之地是多么诡异！

※

他能不去吗？对他这样一个蹩脚的司机来说，开车去会很吃力吧？其实，有细致准确的地图，他完全可以不出门。但是前往看看事情的发展，不仅是更好、更认真的做法，也有可能当他亲眼看到那个地方的时候，会提出一些新假设。

尽管不断提出这次出行的理由，他心里清楚自己还没有承认其中的真正原因。当他一过恩纳，看到了连绵的山脉，在山脉的褶皱下坐落着阿索尔、阿吉拉、雷加尔布托和琴图里佩等城镇，他明白了自己为什么要离开马里内拉。毫无疑问，当然是为了调查。但其实，他很想再看看自己挥洒青春的那片土地，看看他在马斯卡利帕做警长助理时见过的风景。

等一下！这些风景当初不是让他倍感压抑吗？当初他不是一闻到马斯卡利帕的秸秆和草地的味道就头大吗？一切都是真的，神圣不可侵犯。他突然想到布莱希特的一句话："我为什么要爱我小时候摔下的窗台？"但是那句话还是没有说透，他想。因为有时候，当你差不多已经老了，你小时候摔下来的那个讨厌窗台就会闪回记忆中，你甚至可以抱着朝圣的心态回望它，如果你的眼神依旧纯真。

这就是你要找的吗？他问自己。他以蜗牛的速度行驶在从恩纳到卡塔尼亚的路上，让路上的其他司机大感不悦。你认为大老远跑来看看那些山脉，呼吸着久违的空气，你就能回到当年那个天真热情的小伙子了吗？算了，警长，说真的，要知道你失去的东西已经永远不会回来了。

他突然加速，将风景抛在了后面。卡塔尼亚—墨西拿高速公路上的车并不是很多，他赶上了十二点半开船的海峡轮渡。七点离家，从维加塔到墨西拿他花了五个半小时。要是法齐奥这样的人开车，以平常的速度，肯定能少花两个钟头。

刚过祈求乘客平安的圣母雕像，渡船就随波荡漾起来，咸湿的海风吹起了蒙塔巴诺的食欲。前一天晚上他什么都没吃。他爬上通往酒吧的小楼梯，柜台上放的是一小堆滚烫的炸饭团。他买了两个，然后去甲板上吃。他开始吃第一个，一口咬了一半，大口吞了下去，他马上意识到自己犯了严重的错误。他们怎么能管这叫炸饭团呢，用的是陈年老油，厨师炸制的时候不知道脑子里在想些什么。肉酱超级酸！他把嘴里剩下的炸饭团吐进海里，剩下的一个半也丢了进去。他回到酒吧喝了一杯啤酒，清一清嘴里讨厌的味道。后来，当从渡轮上把车开下来时，他咽下去的半个"炸饭团"混着啤酒开始涌上喉咙。这股酸水力道太强，弄得他天旋地转，等他反应过来，车已经转到了旁边的坡道上，车头冲着大海。

"你干嘛呢？搞啥子？"正在指挥车辆上岸的水手喊道。

警长汗流浃背，慢慢移动车子，一次挪动一寸，好不容易才回到正确的位置。他后面那辆车的司机一动不动地盯着他，看架势恨不得直接撞上来，要么撞到码头上，要么撞进大海里。

在圣乔瓦尼的郊区，他去了一家之前已经去过两次的卡车司机常去的餐厅吃饭。第三次来他也没有失望。在这里坐了一个半小时后，下午三点左右，他回到车里，朝着焦亚塔鲁走去。他上了高速公路，眨眼间，他已经过了巴格拉加，继续在 A3 高速路上行驶，在距离焦亚塔鲁大约二十公里时，他决定要慢慢享受最后一段路程，好好找找通往利多迪帕尔米的省道。这里有通往帕尔米的省道，但没有通往利多迪帕尔米的省道。这怎么可能呢？他确信自己没有开过头，没有错过任何一个指示牌。下了高速公路之后，他朝着镇子前进，在他找到的第一个加油站停了下来。

"请问，我要去利多迪帕尔米，应该走高速公路吗？"

"高速公路到不了那里——其实也能去，就是要绕远，路也不好认。你最好走省道，沿着海岸修的，开着要舒服得多。"

这个人告诉了他如何走省道。

"还有一件事情，您能告诉我去杰拉切路怎么走吗？"

"去省道的路上你会经过那里。"

※

杰拉切路十五号是一片小型公寓，之前肯定是一个大停车场。四座相同的公寓楼并排而立，每一栋都有一个小门和一个小花园。门旁边是一个垃圾箱。四栋公寓背靠一座十层楼的建筑。毫无疑问，它们也是大楼前的长廊或者"凉棚"。警长从车里走出来，从口袋里掏出从法齐奥桌子上取的钥匙，打开小门，走进去，把门关上，又打开屋门，把门带上。麦卡努哥做得很好，他进入房间的时候没有强行把锁撬开。房间很暗，蒙塔巴诺开了灯。

这里有一个小门厅，照片里没有拍到。门厅空间很小，勉强放下一个衣架和一个带抽屉的小桌子，上面放着台灯，灯照亮了门厅。厨房看上去和照片中一样，但现在橱柜和冰箱都是打开的，酒瓶、盒子、包装箱都被杂乱地扔在桌子上。

搜查队像龙卷风一样席卷了卧室。阿尔法诺的裤子被卷成一团扔在地板上。浴室里的洗脸池被拆了，管道都露在外面，墙壁也被打破了。面盆正上方的活板门是开着的，旁边有一个折叠梯。蒙塔巴诺把梯子移动到活板门的下方，爬了上去。储藏间是空的。显然，法医小组把箱子和鞋盒带走了。

他爬下来，回到门厅，打开小桌子上的抽屉，里面有些煤气费和电费存根。一个白色信封掉到了桌子下面，蒙塔巴诺弯腰把它捡了起来。是账单，电力公司寄来的，没有拆开。他打开信封，付款截止日期是八月三十号。他把它放回去，正要关灯，这时他注意到了什么。

他凑近小桌子，用手指在桌面上抹了一下，把灯拿起来，又放了回去。然后他打开门，走了出去，又把门关上。出去后，他掀开了垃圾箱的盖子，垃圾箱是空的。只有底部的几处斑斑锈迹。他把垃圾箱盖子又盖上，打开小门，正要关门时听见上面有人喊他：

"你是谁啊？"

这是一个五十岁左右的女人，体重得有三百磅，像个肉球，两条腿大概是蒙塔巴诺生平见过的最粗壮的了。她站在那栋十层楼的一层阳台上，正好看到阿尔法诺夫妇的公寓。

"我是警察。你是谁？"

"我是看门的。"

"我想和你谈谈。"

"那就说吧。"

二楼本来有一扇窗户是半闭的，现在完全打开了，一个二十岁左右的女孩把胳膊肘搁在栏杆上，好像要站在那里听。

"夫人，我们一定要隔得这么远说话吗？"警长问。

"我没有问题。"

"呃，我有问题。请到大厅去吧，我会在那儿等你。"

他关上小门，上了车，绕到那幢楼的正门前停下来。他下了车，爬上四级台阶，走了进去，正好撞上看门大妈，她正努力收肚子，好从电梯里出来。她一出来，整个人又像气球一样膨胀了起来。

"什么事？"她挑衅地问。

"我想问你几个关于阿尔法诺夫妇的问题。"

"又是他们？还没听够他们的事吗？你什么警衔？"

"我是个警长。"

"啊，好吧，那你可不可以去问你的同事麦卡努哥，别再烦我了？我有必要向王国里所有的警长重复同样的故事吗？"

"我想你的意思是共和国，夫人？"蒙塔巴诺开始逗乐儿。

"不是！我不承认这个狗屎共和国！我生是一个君主主义者，

死也是君主主义者！"

蒙塔巴诺开心地笑了，装出一副神神秘秘的表情，小心地左顾右盼，俯身向胖女人低声说道："我也是君主主义者，夫人，但我不能公开这样说，否则我的事业……你懂的。"

"我叫埃斯泰里纳·特里波多。"胖女人说，伸出一只娃娃般的小手来。"请跟我来。"

两人走了一段楼梯，进入了与阿尔法诺夫妇的公寓几乎相同的一间公寓。门厅右边墙上的一盏小灯下方挂着一张维托里奥·埃马纽埃尔三世的画像，小灯是亮着的。旁边是他儿子翁贝托的照片，上面的灯也亮着，他好像只做了大约一个月的国王，蒙塔巴诺记不太清了。左边的墙上也挂着一张照片，没有亮灯，同样是一张维托里奥·埃马纽埃尔家族成员的照片，是翁贝托的儿子，因为擦枪走火而上了丑闻版。警长一脸仰慕地看着这张照片。

"他一定是个英俊的男子。"蒙塔巴诺大言不惭地说，丝毫不会脸红。

埃斯泰里纳·特里波多把食指放在嘴唇上，然后将她的吻印在了照片上。

"进来，进来，随便坐。"

厨房和客厅比阿尔法诺家里的大一些。

"我给你煮点咖啡好吗？"埃斯泰里纳问。

"好的，谢谢。"

趁她摆弄拿波里咖啡壶的时候，蒙塔巴诺问：

"你认识阿尔法诺夫妇吗？"

"当然认识。"

"你上一次见到他们是在九月三号和四号吗？"

埃斯泰里纳开始了自己的独白。

"我没见到他们，不过他们确实在。他真是个绅士，打电话让我帮他买一束玫瑰花，放在公寓门口，并说两人将在下午早些时候回来。他以前就让我做过这样的事。但那天晚上，玫瑰花仍然在门外。第二天，我中午之前过去拿玫瑰花的钱。花不见了，但没有人开门，他们已经离开了。所以我打开了他们的门——我是唯一有钥匙的人——去倒垃圾，这是我的工作，但是我在垃圾箱里发现了一个满是血的注射器。他们甚至没有把它放进袋子里，或用纸包起来！什么都没有！就扔在那里！讨厌！幸运的是我戴着手套！谁知道那女人到底在搞什么鬼！"

"你告诉麦卡努哥警长这些了吗？"

"没有，为什么要告诉他？他又不是自己人！"

"玫瑰呢，他们付你钱了吗？"

"好事不怕等！"

"我可以冒昧……"蒙塔巴诺说，手伸进他的钱包。

特里波多夫人大度地允许了他的冒昧。

"我在门口小桌下发现一张电费单。"警长说。

"账单来时，我把它们从门下塞进去。显然她没有把那个带走，也没有支付。"

以他们对君主的共同信仰的名义，她详细地回答了他所有的问题。

※

大约半个小时后，蒙塔巴诺回到车上，开了不到五分钟就看见了帕尔米的标志。因此，可以断定，多洛雷斯走的是这条路而不是高速公路。通往利多迪帕尔米的省道标志很快出现在眼前。

天哪！从杰拉切路的公寓到这里只有四公里的距离！走着都能到！上了省道，走了一百多米，他看到一家旅馆。如果多洛雷斯是在省道上出了事故，那她去的很可能就是这家旅馆。

他把车停了下来，下车走进酒吧，酒吧也是旅馆的前台。这里一个人也没有，就连咖啡机都关掉了。

"有人吗？"

左边门上有一个珠帘，后面有一个声音喊道："马上就来！"

一个光头出现了，他身材矮胖，面色红润，但非常可爱。

"您需要点儿什么？"

"您好，我叫劳贾·卡诺，保险公司的，我需要从您这里了解一些情况，如果您乐意告知的话。请问您的名字是？"

"我叫罗科·苏达诺，这家店是我自己开的。现在是淡季，所以就我一个人在这里照看生意。"

"好的，您的旅馆在今年九月四日开着吗？"

"当然。那时还是旺季。"

"当时您在这儿吗？"

"在的。"

"您还记得那天早上，在省道上发生了一起小事故后，一个肤色黝黑的漂亮女人进来了吗？"

罗科·苏达诺的眼睛开始发亮，他的光头发起了烧，好像里面有一盏灯，嘴上露出一个大大的笑容。

"我当然记得！怎么能忘记！是多洛雷斯夫人！"然后，他突然担心地问道："她发生什么事了吗？"

"不，她很好。我说了，我是保险公司的。我就是问一些有关她那次事故的事，您记得吗？"

"是的，当然记得。"

"您还记得当天那位女士都做了什么吗？"

"嗯，记得。这里是看不到这样的女人的，即使是在旺季！她先去房间休息了几个小时。她没有受伤，只是受了惊吓。我给她送去了一些甘菊茶，她躺在那儿……"

他沉浸在记忆中，眼神模糊，不知不觉地开始舔嘴唇。蒙塔巴诺拍了拍他。

"您还记得她什么时候到的吗？"

"嗯，那会儿一定有十点了，十点半。"

"然后她做了什么？"

"她在店里的餐厅吃饭，那时是旺季，餐厅开着。后来她说要去海滩。我晚上又见到了她，但她没有在这儿吃晚饭，直接回了自己的房间。第二天早上七点，修理工西尔维斯特把她的车带回来了。然后她付钱走了。"

"最后一个问题，利多迪帕尔米和焦亚塔鲁之间公共汽车或私人长途车多吗？"

"是的，旺季多。这里交通很发达，能去的地方远远不止焦亚塔鲁和帕尔米。"

"所以这些车在九月四号还在运营，对吗？"

"在这里，旺季一直持续到九月底。"

蒙塔巴诺看着手表，已经五点多了。

"苏达诺先生，我需要休息几个小时。有空房吗？"

"随便挑。反正是淡季。"

15

他像木头一样睡了四个小时。一醒来就给法齐奥打了手机。

"我今晚赶不回去了。明天早上警局见。"

"好的，头儿。"

"你和阿尔法诺的朋友谈过了吗？"

"是的。"

"他告诉你什么有意思的事了吗？"

"是的。"

如果法齐奥说有意思，那一定很有意思。每当他汇报关键信息时，总是零零散散地一点点往外挤。

"他说了什么？"

"他说让阿图罗·佩科里尼突然离开维加塔的是西纳格拉家族。"

蒙塔巴诺吃了一惊。

"西纳格拉家族？！"

"是的，头儿。唐·巴都乔本人。"

"为什么呢？"

"因为镇里开始流传屠夫和多洛雷斯夫人有一腿的谣言。所以唐·巴都乔放话给佩科里尼，让他改一改。"

"我明白了。"

"对了，头儿，托马塞奥检察官找您。"

"你知道他想要干什么吗？"

"他和坎塔雷拉通的话，根据我了解到的情况，他说他在瑞吉欧的一个同事问起一宗失踪案，但他竟然对这个案件一无所知。他想了解一下。我想托马塞奥的同事指的正是本案中的乔凡尼·阿尔法诺。"

"我也这么认为。我明天去和他谈谈。"

警长下了床，洗了个澡，换了衣服，然后来到酒吧前台。苏达诺先生不想收钱（毕竟这是淡季）。

他上车走了。

当他到达圣乔瓦尼的郊区时已经十点多了。他去了那家吃午饭的餐厅，第四次来这里吃饭依然没有让他失望。

凌晨一点他回到了西西里岛。

他冒着瓢泼大雨沿着墨西拿和卡塔尼亚之间的道路行驶。挡风玻璃的雨刮器已经无法抹去如注的雨水。他在巴拉卡、卡拉塔比亚诺和阿奇圣安东尼奥地区的奥托格瑞尔服务区停了下来，他需要补充点儿咖啡，更需要补充点儿勇气。这一路下来花了他三个小时，而正常天气下只需要一个小时。然而，一过卡塔尼亚，上了通往恩纳的高速公路，不仅大雨骤然而止，连星星也出来了。行驶在穆利内洛省道，他一路朝尼科西亚方向前行。半个小时后，他看见右边出现了马斯卡利帕的标志，他选择了那条路，那里一片破旧混乱，褪色的柏油路面留存着当年的回忆。进入马斯卡利帕后，街道上空无一人。他在城里的广场停了下来，一切和他多年前离开时一样。他下车点燃了一支香烟。寒气刺骨，空气中弥漫着青草和稻草的味道。一只狗走过来，在距离他几步远的地方停下来，摇着尾巴向他示好。

"到这里来，阿尔戈斯。"蒙塔巴诺说。

狗看着他，转身走开了。

"阿尔戈斯！"他又叫了一次。

狗消失在一个街角。这就对了。因为它知道它不是阿尔戈斯。他就是个白痴，假装自己是尤利西斯。他抽完烟回到车里，接着朝维加塔行进。

※

美美的一觉醒来，整个人散发着恬静的气息。从马斯卡利帕回来的路上，他的头脑已经清醒了，知道自己下一步该做什么。他在利维娅去上班之前给她打了电话。九点的时候，他给局长办公室主任拉特斯博士打了电话。来到警局的时候，警长整个人充满了朝气，精神抖擞，心境平和，仿佛睡了一整夜的好觉。事实上，他只睡了三个小时。

"啊，头儿！头儿！昨天乔马赛奥检察官打电话来说……"

"我已经知道了，法齐奥告诉我了。他在办公室吗？"

"谁？乔马塞奥？"

"法齐奥。"

"在的。"

“让他马上到我这儿来。”

办公室又添了很多信件，铺满了桌面。他坐下来，把信封推到桌子的一边，给眼前腾出一点空间来，他并不是想写东西，只是找个地方放胳膊肘。

法齐奥走进了办公室。

“关上门，坐下，再跟我讲讲巴都乔·西纳格拉和佩科里尼的事，详细一点。”

“头儿，您让我和乔凡尼·阿尔法诺的第三个朋友谈谈，记得吗？嗯，就是这个朋友，他的名字是弗兰克·迪·格雷格里奥，似乎是个正派人，他给我原原本本讲了一遍。”

“其他两个人怎么跟我提都没提？”

“他们不想谈这件事。”

“为什么不想呢？”

“如果您让我按照自己的思路讲，一会儿就明白了。”

“好的，继续吧。”

“事情发生在两年前，这名五十岁的屠夫对多洛雷斯·阿尔法诺萌生了情愫，她过去常常去他那里买肉。但他太招摇了，每天早上送她一束玫瑰，给她买礼物、糖果，甚至各种女人家的东西，在她家门口等她出来，四处跟着她……总之，全城的人都知道了。”

“他结婚了吗？”

“没，他没结婚。”

“他不知道多洛雷斯是阿尔法诺的妻子，而阿尔法诺是巴都乔家的人吗？”

"他知道，他知道。"

"那他真是个傻瓜！"

"不，头儿，他不是傻瓜。他是一个自大蛮横的人，人们都说他天不怕地不怕。"

"一个吹牛大王？"

"不，头儿，阿图罗·佩科里尼不四处说闲话。他是个恶棍。他二十岁时因涉嫌谋杀被捕，后来因证据不足而无罪开释。五年后又被指控谋杀未遂，他也没怎么样。之后，除了打架之外就没什么重罪了，但他还是个恶霸。当朋友告诉他对多洛雷斯的事多加小心时，他说自己根本不把西纳格拉放在眼里，让他们试试看。"

"多洛雷斯为什么不去找警察求救，就像他对其他求爱者做的那样？"

法齐奥笑了笑。

"迪·格雷格里奥说，她之所以什么都没做，是因为她真的很喜欢屠夫。"

"他们是情人吗？"

"没有人说得准。但别忘了，屠夫过去的住处离阿尔法诺家不到五十米，而且现在这间房子还是他的。晚上他们可以随心所欲，周围的道路在白天都几乎没有行人和车辆，晚上您就自己想吧。后来事情传到唐·巴都乔的耳朵里，他听到远房亲戚被屠夫戴了绿帽子，很不高兴，因为这个亲戚恰好是他特别喜欢的一个年轻人。"

"他做了什么？"

"他做的第一件事就是打电话给多洛雷斯。"

"他对她说了什么？"

"没有人知道。但迪·格雷格里奥说，可以自行脑补。事实上，四天后，多洛雷斯启程去哥伦比亚了，公开的说法是要去看望生病的母亲。"

"佩科里尼呢？"

"头儿，我要用迪·格雷格里奥告诉我的方式来告诉您：以下都是八卦、猜测、推断。"

"我们还是听听吧。"

"佩科里尼，在他二十岁的时候，强奸了一个十七岁的女孩，女孩家境很贫穷。佩科里尼的父亲用钱摆平了她的家人，他们没有报案。但是女孩怀孕了，生下了一个小男孩。小男孩名字随父亲阿图罗，姓随母亲曼泽拉。后来，佩科里尼渐渐喜欢上了这个私生子，资助他求学，拿文凭，找工作。他现在三十岁，拥有会计学位，已经结婚，有一个三岁的儿子，卡梅罗。"

"等等，法齐奥！你说什么呢，背家谱吗？"

"就要说到重点了，头儿。有一天，孩子在自家门前玩耍时不见了。"

"'不见了'是什么意思？"

"不见了，头儿，就是消失了。二十四个小时后，阿图罗·佩科里尼把肉店关了，动身前往卡塔尼亚。"

"孩子呢？"

"三十六个小时后，人们发现他在自家大门外玩耍。"

"孩子怎么说？"

"他说一位慈祥的老爷爷问他想不想去兜风，然后载着他去了一座漂亮的宅子，里面有很多玩具。第三天，老爷爷把他送回了当初带走他的地方。"

"这是巴都乔的风格。老爷子喜欢亲自下手。然后发生了什么？"

"佩科里尼收到了巴都乔的警告，就搬走了。多洛雷斯也获准回到维加塔。但西纳格拉家族派人知会乔凡尼·阿尔法诺的朋友们，给出的建议都一样：乔凡尼回来时不要跟他提屠夫的事，因为唐·巴都乔不想让他生气。"

"但你上次告诉我，现在佩科里尼每隔一段时间可以回到镇上一次。"

"是的，他一个星期回来两天，周六和周日。他搬到卡塔尼亚之后不久，又把原先在镇上的肉店开了起来，交给他弟弟打理。他们说，他现在已经完全把多洛雷斯忘了。"

"好的，谢谢。"

"头儿，能告诉我，您是怎么知道屠夫和多洛雷斯·阿尔法诺有私情的吗？"

"我不知道啊！"

"哦，不会吧？那您怎么一开始就问我佩科里尼的事？多洛雷斯第一次来警局之前就让我查他了！"

他无法说出真正的原因：米米和多洛雷斯偷情的房子是屠夫的。

"也许有一天我会告诉你，或许你会想明白的。奥杰洛在办公室吗？"

"嗯，他在呢。我去帮您叫他吗？"

"好的，你俩一起过来。"

法齐奥出去了。蒙塔巴诺背靠着椅子，闭上眼睛，做了两三个深呼吸，仿佛要潜入水下。他头脑中设计好了剧本，一会儿必须原原本本、丝毫不差地演出来。他闭着眼睛，全神贯注地冥想。他听到两人走近了。

"米米，进来坐下。法齐奥，你去告诉坎塔雷拉，我不想被任何理由打扰，然后回来。"

他仍然闭着眼睛，米米什么也没说。他听到法齐奥回来的脚步声了。

"进来，锁上门，坐下。"

他终于睁开了眼睛。上次见到米米已经是几天前了。他脸色黯黄，胡子拉碴，眼神空洞，衣服皱皱巴巴。此刻他坐在椅子边缘，翘起二郎腿，紧张地晃着腿，就像一根紧绷的绳子，随时可能断掉。法齐奥看起来忧心忡忡。

"近来，"蒙塔巴诺开口说话了，"我们部门的气氛好像不太对。"

"我想解释……"

"米米，我让你说话的时候你再说。对于所发生的一切，主要责任在我。我——我也是第一次意识到这一点——不再拥有足够的能力和信心，让你们像曾经一样，无论发生什么，都会一直跟随我，听从我的领导。我们不仅仅是一个团队，我们是一个完整的身体。但是，这个身体的头不再灵光了，于是影响到了全身。俗话说，鱼都是从头开始腐烂的。"

"但是，萨尔沃……"

"我还没让你说话呢，米米……因此，身体的某些部分就会拒绝和其他部分一起腐烂，这是很自然的。我指的是你，米米。但在我说出自己的感受之前，我要先反驳你的'控诉'：我从来不对你放手，不给你自己做事的空间。停，你先别说话。相反，法齐奥可以证明，我一直在尝试，尤其是最近，把几乎所有案子都交给你，因为我觉得，自己已经大不如前了。如果没有交给你足够多的案子，那是因为顾及你的家庭责任，米米。我接手了一些调查，好让你有更多的时间陪家人。现在，你书面要求我把科瑞塔鲁的谋杀案交给你处理。你准备好接我的班了吗，米米？"

"我可以说话了吗？"

"只能回答我的问题。"

"情况不是你想的那样。"

"你不用向我解释别的了，该说的我都说了。你不需要书面答复吧。同意。"

"你说'同意'是什么意思？"

"天蝎座的案子是你的了，卡拉汉警长。"

米米困惑地看了他一眼，没有明白蒙塔巴诺引用的典故。法齐奥明白了，脸马上就红了。

"你的意思是，要把这个案子转手了？"

"正是。"

米米终于明白了。

"你把这个案子交给我？"

"是的。"

"你确定吗？你以后不会后悔吧？"

"我不会后悔的。"

"你不会干涉调查吗？"

"不会。"

"我会有完全的行动自由吗？"

"当然。"

"你想让我拿什么交换？"

"米米，我们不是在做生意。我只希望你遵守规则。"

"什么意思？"

"在采取任何行动之前——逮捕、新闻发布会、公开声明——你要先通知我。"

"如果你不让我做怎么办？"

"我不会的，这一点你放心。我只想每天了解案件的进展。"

"那好吧，谢谢。"

米米站起来，向他伸出了手，蒙塔巴诺使劲握住了他的手。米米疼得受不了。

"我可以拥抱你吗？"他问。

"当然可以。"

他们互相拥抱。米米的眼睛湿润了。

"今天早上，我给拉特斯博士打电话了，"警长说，"今天是星期三，今天晚上我要去鹿嘴村看利维娅，星期日回来。你现在全权代表我，米米。法齐奥会向你说明案件目前的进展。他会协助你，听你差遣。你腾出手来就打电话给托马塞奥，把案件进展通报一下。法齐奥三分钟以后去找你。"

米米出去了，高兴得可以随时起舞。

"他看起来恨不能吻你的手，"法齐奥轻蔑地说，"现在，您能解释一下为什么做出这个决定吗？"

"因为我累了。"

"算了吧，您没那么累的。我不相信。"

"好吧，因为我再也不能忍受这种调查了。"

"哦，是吗？您是什么时候达到临界点的？昨天在焦亚塔鲁？"

"好吧，因为这是米米应得的机会。"

"不，头儿，米米很难胜任。"

"法齐奥，我们能不能保持一点距离？我决定这样做是因为我想这样做。我不想再讨论下去了。"

"听着，警长，他会把部门搞得一团糟的。他的脑子现在不太对头。我不知道他怎么了。这案子很微妙，黑手党不偏不倚夹在中间。我真不想与奥杰洛一起工作。"

"法齐奥，这不是你想或不想的问题，这是命令。"

法齐奥站了起来，面色苍白如纸，身体僵硬得像扫帚一样。

"遵命，长官。"

"等等。请你多理解。如你所说，案子很微妙，正因如此，我才需要你待在奥杰洛身边。"

"头儿，如果他像火箭似的一窜而起，我肯定无法阻止他。"

"如果你及时提醒，我会介入的。"

"但那时您就在鹿嘴村了！"

"我觉得接下来的三天不会发生什么的。无论如何，我都会带上手机。你不是也有利维娅家里的电话号码吗？"

※

他把手机放在马里内拉的家里了，藏在了放干净床具的抽屉里，而他对此竟然没有一丝愧疚。这样，可怜的法齐奥也会在适当的时候尝到背叛的滋味。这是蒙塔巴诺第一次对他做这种言行不一的事。然而，这是不可避免的：毕竟他们都曾踏入陶工之地，不是吗？

※

他沿着前天的路线前行，但这一次没有减速欣赏风景。在通往卡塔尼亚的交界处，他没有前往机场的方向，而是继续往镇中心驶去。过了一会儿，他发现自己遇上了交通堵塞，时速不到十公里，这对他来说太慢了，更不用说每隔十分钟就要堵一次了。

其中一次停下来等待时，一名交通警察从他的车边经过。

"请问，发生什么事了吗？"

"哪里？"

"这里。这里的交通怎么回事？"

"你管这叫交通？"警察惊讶地说。

这意味着这种情况完全是正常的。感谢神的保佑，他终于来到港区了。他打听了海关怎么走，一路把车开得很慢，直到他看到三个闪闪发光的橱窗，里面摆满了各种肉，就像宝格丽展示珠宝的橱窗一样。一个发光的、醒目的大标牌上写着：佩科里尼——肉中之王。在这里，想找正规停车位是不可能的，所以他把车停在一扇开着的门前，门的合页已经坏了，所以门向外倾斜着。

佩科里尼的肉店与宝格丽珠宝的橱窗还有一点很类似：价格因切法而异。

走进肉铺时，他感觉自己好像走进了一家顶级美容院的接待室。沙发、扶手椅、小桌子。有一群人在漂亮的柜台前坐着，于是他坐到了一把扶手椅上。一个大约十八岁的女孩很快出现了，看装束像是服务员，戴着笔挺的帽子，穿着围裙。

"您要来杯咖啡吗？"

"不了，谢谢。这里人太多了，我过一会儿再来。"

当他站起来时，收款台后面的一个男人正好抬起头来，看到了他。

就在那一瞬间，蒙塔巴诺确定了两件事情：第一，那个人就是阿图罗·佩科里尼。第二，佩科里尼认出了他，因为他给顾客找钱的动作僵了一下。也许他在电视上见过警长。

※

把车停在机场后，蒙塔巴诺飞快地跑了起来，因为距离飞机起飞只剩下二十分钟了。他瞥了一眼显示屏，想看看他的航班在第几登机口，可只看到一片空白。他靠近了一些，上面写着：航班延误九十分钟。这很正常，就像这儿的交通一样。

16

　　一起吃完早餐，利维娅去上班了，剩下蒙塔巴诺一人在家。他拔了电话线，在房子里磨磨蹭蹭了一小时左右，然后洗了个澡，穿好衣服，站在利维娅家的落地窗前抽了一个钟头的烟，欣赏风景。然后他离开了鹿嘴村，前往热那亚。他去了水族馆，排队半小时后终于进去了。上午剩下的时光里，他都是和鱼儿一起度过的，迷人又迷茫。午餐时间，他去了一家餐厅，是利维娅曾经推荐给他的。他到任何一个地方，都能够适应当地的美食。他坚信，如果要在偏僻的阿富汗山区了此残生，餐厅服务员对他说："我们这里有油炸蟑螂幼虫"，他也会欣然接受的。

　　这时服务员问他："要香蒜酱吗？"

　　"当然。"他回答说。

　　当服务员把主菜列出来时，他发现竟然全是鱼。蒙塔巴诺觉得刚刚在水族馆欣赏完这些美丽的、活生生的鱼儿，现在就来吃它们是不对的。

　　"我能点一份米兰小牛肉吗？"

　　"当然，如果你去米兰的话。"服务员回答说。

　　他最终吃了一道美味的油炸比目鱼，吃完还专门祈求鱼儿原谅。回到鹿嘴村，他就躺在床上大睡。四点左右醒了，起床后来到落地窗前看买的报纸。他想，这是为退休后的生活预演吧，既开心又有点沮丧。

六点钟，利维娅回家了。

"我跟劳拉说你在我这里，她就邀请我们去她在菲诺港的别墅过周末。想去吗？"

"但我周日晚上要回维加塔。"

"去吧。我们可以明天早上走，在那儿度周六，周日吃完早饭，我开车送你去机场。"

"好吧。"

"你为什么拔掉电话线？"

"因为我不想被任何维加塔的电话打扰。"

利维娅震惊地看着他说："以前你收不到法齐奥或米米的消息就焦躁不安。你意识到自己变了吗？"

"是的。"他并不否认。

※

他们出去到鹿嘴村的一家饭馆用餐。它在警长心目中的地位就相当于维加塔的恩佐家。在上菜之前，利维娅谈起了米米的事。她很担心。

"上一次贝巴给你打电话是什么时候？"

"三天前。"

"等着吧，下次她打电话时，就会告诉你米米已经好转了。"

"夜间巡视结束了吗？"

"很不幸，还没结束。但我知道局长会肯定他的工作成绩，相信他的心情一定会变好，等着瞧吧。"

人能不能做到一辈子不说谎？

※

周日晚上九点钟，他回到了维加塔，去恩佐餐厅吃完饭，十点半回到马里内拉的家里。他脱下衣服，坐在扶手椅上，打开电视。自由频道正在播放非法移民在意大利海岸登陆的新闻。维加塔卫视就墨西拿海峡大桥建设问题举行了第一千次圆桌讨论。离晚间新闻开始还有半个小时，于是他沿着海滩去散步了。

回来的路上，他好像听到电话铃响了，但没有跑去接。不可能是利维娅打来的，因为他在餐厅给她打过电话了。肯定是法齐奥。一进屋，他把电视又调到了维加塔卫视。他很肯定，自己不在的时候，米米肯定私自采取了一些行动，而法齐奥无法及时通知身在鹿嘴村的自己。事实上，新闻节目一上来播的就是他想看的那一条。

"科瑞塔鲁肢解案件取得重大突破。"新闻播音员开始播报。

接下来，播音员按照重要性依次播报了其他新闻——发生在蒙特鲁萨—巴勒莫高速公路的致命车祸；菲拉的绵羊盗窃案；菲亚卡的超市抢劫案；在蒙特鲁萨，一名三岁男童从四楼阳台上掉下来，安然无恙；两位区议员因与黑党勾结被捕。接下来回到第一条新闻：第一个镜头是科瑞塔鲁；第二个镜头是帕斯夸里·阿杰纳在指认第一次看到尸袋的地方；第三个镜头是美丽的多洛雷斯·阿尔法诺在托马塞奥检察官的怀里潸然泪下，托马塞奥对能把手放在这位天赐尤物身上简直喜不自禁；第四个镜头是米米在展示一个小东西，沉浸在光荣和胜利中，蒙塔巴诺马上想到，那个小东西是阿尔法诺吞到胃里的义齿；最后一个镜头是法齐奥一下子跳出了镜头。

这条新闻归根结底说的是，多洛雷斯无法辨认出尸体，"虽然她心里明白，这些残躯一定是自己的丈夫的。"播音员补充说，很快就能通过 DNA 测试确定死者身份，因为他的血液样本已经被雷焦卡拉布里亚警局取证实验室的人员带走了，样本取自警方在焦亚塔鲁的公寓里发现的受害者血液。多洛雷斯·阿尔法诺回忆说，当天早上，她的丈夫没有登船，用一把直剃刀刮胡子时割伤了自己。这让蒙塔巴诺感到很惊讶。他在杰拉切路公寓的浴室里没有发现血迹，照片里没有，亲自去时也没看见。也许法医已经清理了一切痕迹。新闻报道的末尾是留给皮波·拉贡涅丝发挥的时间，他可是维加塔卫视的红人。

"我只是想用几句话来说明一下，每个人都很清楚，只要蒙塔巴诺警长将调查转交给副手多梅尼科·奥杰洛，案件很快就出现重大突破。的确，在短短二十四小时的时间里，奥杰洛在托马塞奥检察官的指导下，就几乎完全确定了被残忍杀害的死者的身份。不得不说，这也是托马塞奥检察官和他在雷焦卡拉布里亚的同侪密切合作取得的惊人成果。奥杰洛也让我们注意到，老黑手党已经恢复了那些被认为已经消失了的杀人手段。虽然他不想说出任何名字，但很明显，这位才华横溢的年轻副警长已经清楚幕后黑手可能是谁。无论如何，我们要向奥杰洛致以衷心的祝愿，并热切希望蒙塔巴诺警长不再继续参与此项调查。"

"现在让我们继续谈谈被逮捕的两名涉黑区议员。当然，尽管我们对长官怀有最深的尊重，但我们必须注意到，事情往往只向着一个方向发展。这可能吗，我们以诚实公民的身份进行质询……"

蒙塔巴诺关掉电视。一切都在预料之中顺利进行。他没有漏掉任何一个情节。他开始了游戏，出了第一招（说实话，他是借不知情的玩家米米出了招）。他本应该对此感到满意，但并没有。他对自己的做法感到羞耻，但这是他能够想出的唯一行动方式。现在他要做的就是假装对米米生气，并等着下一个采取行动的人。因为有人在听到拉贡涅丝的话后会觉得自己被卷了进去，并做出相应的反应。这是第二招。

电话响了。是法齐奥打来的。

"啊，终于找到您了，头儿！我给您打了一个小时的电话……"

"我听到电话铃响了，但没来得及接。"

"您看新闻了吗？"

"看了。"

"头儿，我不知道试了多少次联系身在鹿嘴村的您，想告诉您，奥杰洛……"

"我相信你，我相信你。我像白痴一样把手机落在这儿了，在鹿嘴村时我总是在外面。我很抱歉，都是我的错。"

"明天一早，奥杰洛将会与托马塞奥和局长见面。"

"让他们自己去开会吧，你晚上睡个好觉。哦，对了，米米发现我去焦亚塔鲁了吗？"

"没有，怎么会有人告诉他呢？"

※

奥杰洛早上回到警局已经很晚了。他看上去对在蒙特鲁萨开的会并不是很满意。

"米米，你到底在搞什么鬼？"

"我？"

"是的，你。昨天晚上我在电视上看见拉贡涅丝了。我告诉过你，你的一切行动都要告知我。"

"但是，萨尔沃，如果你不在这里，我怎么告诉你呢？不管怎样，我说了或做了什么出格的事吗？我只不过是把法齐奥给我的信息知会了托马塞奥。"

"你指的是？"

"你认为科瑞塔鲁的尸体是多洛雷斯·阿尔法诺的丈夫，他是马仔，因背叛黑手党家族而被杀害。一个字不多，一个字不少。"

警长应该给米米一个拥抱，好好谢谢他，但他不能。

"但你也告诉了记者。"

"托马塞奥授权我这样做的。"

"好吧，好吧。今天上午的会议进展如何？"

"很糟糕。"

"为什么？"

"因为托马塞奥对巴都乔·西纳格拉保持谨慎的态度。他说我们现在没有证据可以动巴都乔。但我说那怎么可能？巴都乔·西纳格拉不是一个黑手党暴徒和杀人犯吗？"

"那又怎么样，米米？他是杀人犯，但如果他没有杀阿尔法诺呢？你还想把谋杀案钉在他身上吗？你是说多杀一个人，少杀一个人都没区别吗？我告诉你，二者之间是有区别的。"

"所以，你现在是在为他辩护吗？"

蒙塔巴诺灵光一现。他突然想起了前些天做的那个噩梦，托托·里纳提出让他出任内政部长。

"米米，别废话。"他说，尽管在他心里，这话是针对里纳的。"我不是在给黑手党辩护，我是告诉你，在指控一个人犯下罪行时，一定要慎重，不管他是不是黑手党。"

"我相信是他杀死的阿尔法诺。"

"那就试着去说服托马塞奥。局长对这件事的态度是什么？"

"他同意托马塞奥的观点，但他建议我去和穆桑特谈谈。"

"我觉得他不会对你有任何帮助。贝巴和孩子还好吧？"

"很好。"

米米起身离开，但蒙塔巴诺在他开门之前叫住了他。

"对不起，米米，我很久以来一直想问你一件事，可近来我们都没有机会说说话，我……"

"说吧。"

"你认识三个来自卡塔尼亚的人吗？"他停了下来，打开桌子左上角的抽屉，随便抓起一张纸，假装在看着读："他们的名字是博努拉、佩科里尼、迪·西尔维斯特？"

问完这个问题，蒙塔巴诺的心一直悬着。他盯着米米，两只眼睛像猎枪一样指着他，希望他内心的感觉不会在脸上显现出来。第一个和第三个名字都是他编造的。米米看上去有点懵。

"等一下。我想起来了，我们去年接触过一个叫迪·西尔维斯特的人，虽然我不记得原因了。其他两个名字我从来没有听说过。怎么，你对他们感兴趣？"

"他们和我正在调查的一起谋杀未遂案有关。没关系，这并不重要，再见。"

问这个问题着实非常冒险，但他很高兴自己问了。如果米米说他知道佩科里尼，那么他在蒙塔巴诺心里的地位就会大打折扣。因此，多洛雷斯一定没有告诉他自己和屠夫的情史。从各方面考虑，这都不符合她的利益。更重要的是，她也没有告诉他，两人风花雪月的房子是佩科里尼的。警长感到非常高兴，竟然吹起了口哨。他以前可从来都不会吹的。

※

第二招要出手了。那个人当天晚上就采取行动了。就在他走进卧室，脱掉衣服准备上床的时候，电话响了。

"是蒙塔巴诺警长吗？"

"请讲。"

"很抱歉这么晚给您打电话，您累了一天了，还这么打扰您……"

警长立刻听出了电话另一端是谁。不是声音，而是说话的方式和过分雕琢的话语暴露了他的身份。不过，他还是选择假装不知道。

208

"请问您是哪位？"

"我是奥拉齐奥·加塔达罗，一位律师。"

他第一次和加塔达罗打交道的时候就发现，毛毛虫都比这位律师——唐·巴都乔·西纳格拉最得力的助手——诚实。在进一步了解他之后，他已经确信，狗屎都比他忠诚。

"晚上好，先生！你的朋友和客户还好吗？"

没有必要提及任何人的名字。加塔达罗一声声地叹息着，然后开口了。

"真是悲伤，亲爱的警长，太悲伤了！"

"他不好吗？"

"我不知道您是否听说了，他几个月前病得很厉害。"

"我听说了。"

"后来他恢复了一些，至少身体好了一些，感谢上帝。"

蒙塔巴诺问了自己一个微妙的神学问题，是否应该感谢上帝让巴都乔这样的杀人犯身体好起来？

"然而，有时，"律师继续说，"他脑子还是会不正常。他一会儿清醒，一会儿糊涂，还失忆……真伤心，警长！像那样伟大的心灵！"

他应该附和两句吗？他决定还是算了。他也不想问这通电话的来意。

"加塔达罗先生，晚安。"

"警长，我必须代表我的客户和朋友请您帮个忙。"

"如果我帮得上的话。"

"他迫切地想要见到您。他告诉我，人之将死，其言也善。我的意思是，他真心想再次见到您。他很尊重您。他说，像您这样的模范应该……"

"……当内政部长，"蒙塔巴诺心里这么想。但他却说："当然可以，等哪天……"

"不，警长，恐怕我还没说清楚。他希望马上见到您。"

"现在？"

"就是现在。您也知道老年人是什么样子：固执，古怪。请不要让可怜的老人失望……如果您打开前门，会发现一辆车在等着。您所要做的就是上车。期待很快见到您。"

他们同时挂断了电话。在十五分钟的谈话中，两人竟然都没有提到巴都乔·西纳格拉的名字。警长穿上夹克，开了门。在黑暗中，他根本看不见车，这辆车一定是黑色的。只有引擎声，依稀可辨。

※

律师为他打开了车门，带他进别墅，一路引至唐·巴都乔的卧室。房间装修得像病房一样，里面散发着药物的气味。老人闭着眼睛躺在床上，鼻孔里插着管子，床头上有一个大氧气罐，旁边站着一个将近两米高的男人，活像长了腿的衣柜。加塔达罗在老人身边俯下身子，和他低声说了几句话。

唐·巴都乔睁开眼睛，把手伸向蒙塔巴诺。蒙塔巴诺轻轻地握了握，生怕摇晃得厉害了，这只手会像玻璃一样碎掉。然后唐·巴都乔向长腿的"衣柜"做了个手势，对方立即按下床上的一个按钮，床头慢慢升起，这样唐·巴都乔就能保持坐着的姿势了。然后他在老人身后放了几个枕头，从鼻子里取出管子，关闭氧气罐，在床边放一把椅子，然后离开了。

律师还是站着，靠在一排书架上。"我不能看报纸了，"唐·巴都乔开始说话，"视力衰退，所以我让他们读给我听。显然，美国判处死刑的人数已经超过一千了。"

"对。"蒙塔巴诺说，对他以这样的话题开始谈话并没有表现出惊奇。

"有一个人获准缓刑了，"加塔达罗插话道，"但不久另一个州又判了一个死刑，数又凑齐了。"

"你对此是赞成还是反对呢，警长？"老人问。

"我反对死刑。"蒙塔巴诺说。

"像你这样的人，我从没有怀疑过。我也反对死刑。"

什么？反对？难道他没有处死或杀死十个或更多的人吗？还是说，对于唐·巴都乔而言，由他下令杀人和国家下令杀死的人是有区别的？

"但我以前是赞成的。"老人补充道。

这样就比较说得通了。过去他雇的打手有多少人呢？

"后来我意识到不对，因为死亡没有补救的办法。让我明白这一点的是很多年前发生的一件事……我的一个亲戚在哥伦比亚……奥拉齐奥，我的朋友，能给我倒一杯水吗？"

加塔达罗给他端了一杯水。

"请多多体谅，说话让我很累……有人告诉我，我这个亲戚追求自己的利益，不顾我的利益，我相信了，可我错了，下了错误的命令。你在听吗？"

"一直在听着呢。"

"我当时还年轻，不懂得三思而行。六个月后我发现，别人告诉我的那件事是子虚乌有。但大错已经铸成，没有回头路了。我怎么才能弥补呢？只有一条路……把他的儿子当成自己的儿子，让他过上清白的日子。这个孩子也爱我，从来不会做让我……不……不开心的事，我说不下去了……不能再说了。"

他停了下来。很明显，他已经完全喘不上气了。

"需要我继续说完吗？"加塔达罗问。

"是的。但首先……"

"是的，当然要继续。纳齐奥！"

"衣柜"立即出现了。他默默把床降下去，拿掉枕头，把管子插回老人的鼻孔，再打开氧气罐，然后走了出去。

加塔达罗接着讲了下去。

"在登船之前，乔凡尼·阿尔法诺——他就是我们要讨论的人——和妻子一起来到这里，和唐·巴都乔告别。"

"是的，我知道。多洛雷斯夫人给我看了照片。"

"很好。那一次，唐·巴都乔先生把乔凡尼叫到一边，给了他一封信，要他亲自送到在圣乔瓦尼郊区的一个朋友那儿，他会在指定地点等候。巴都乔先生要求他不要把那封信的事告诉任何人，连他的妻子也不要告诉。"

"后来发生了什么事？"

"就在大约十天前，唐·巴都乔得知，这封信没有送到。"

"为什么那么久之后才发现呢？"

"嗯！首先是因为先生病了，后来进入漫长的康复期，还有收信人发生了意外，无法与我们取得联系……他被枪击了三次，被一个匿名者打的，但都没事。"

"我知道了。这封信很重要吗？"

"非常重要。"老人在床上意味深长地说。

"你告诉阿尔法诺这封信有多重要了吗？"

"是的。"唐·巴都乔说。

"能告诉我信的内容吗？"

加塔达罗没有立即答应，而是看着唐·巴都乔，他眨眨眼以示同意。

"你知道的，警长，唐·巴都乔商业联系很广泛。这封信里包含着……我怎样说明白呢，如果你能理解的话，是关于我们和雷焦卡拉布里亚的商业竞争对手之间的一项潜在协议……"

简而言之，就是黑手党和"光荣会"之间的和议。

"但是你为什么不把它寄出去？"

这时从床上传来了奇怪的声音，是一连串的呼哧声，介于打喷嚏和醉酒打嗝之间。蒙塔巴诺意识到，是老人在笑。

17

　　"寄出去？你吓了我一跳。"律师说，"你也知道，多年来，警方和司法机关一直在打压我的朋友。他们拦截他的信件，进行突击搜查，没有任何合理理由地逮捕他。他们对他实施恐怖主义行动，就是这个词。"

　　"那么，你认为这封信一直没有送达的原因是什么？"

　　"在我们看来，乔凡尼没去送。"

　　"为什么呢？"

　　"因为乔凡尼十有八九都没过海峡。"

　　"你认为他最远到了哪里？"

　　"我们认为他最远不会超过卡塔尼亚。"

　　所以，根据巴都乔和加塔达罗的说法，事情的原委就是这样的。

　　"但你们为什么不赶快查查发生了什么事呢？唐·巴都乔的人脉很广，很容易……"

　　"你不知道，警长，重点不是查出发生了什么，唐·巴都乔凭直觉就能知道，他把一切都告诉我，就好像亲身经历过似的，这一点让我非常震惊。如果查到了什么事情的话，也只是证实了他的直觉而已。"

"好吧，但还是归结到同一个问题：你们为什么不确认一下呢？"

"我不会亲手去碰那样的垃圾……"老人讲话已经非常困难。

加塔达罗律师把老人的意思翻译给蒙塔巴诺："巴都乔觉得此事应该通过法律程序解决。"

"所以这个烂摊子应该由我来处理？"

加塔达罗耸了耸肩。

"我们希望如此。然而，在这个问题上，你却退居幕后，把事情交给你的代理人。"他说。

"而他正在犯下大错……"老人插话。

"我们不能让他继续这样错下去了。"律师总结道。

"我累了。"唐·巴都乔说着闭上了眼睛。

蒙塔巴诺起身离开了房间，加塔达罗也跟着出去了。

"我不喜欢你说的最后一句话。"警长严厉地说。

"我也不想那样说，"律师回答说，"但不要把它视为威胁。唐·巴都乔还不知道，因为我问了，还没人告诉他，但我知道。"

"知道什么？"

"你的副手和多洛雷斯已经……好吧，姑且称之为'会面'吧。这件事应该尽早结束，这样才符合每个人的利益。"

律师将警长送到车前，为他打开车门，蒙塔巴诺上车后又为他关上，车开动时还鞠躬相送。

※

天已经很晚了，但是警长一点儿困意也没有。他还有很多事需要思考。他走进厨房，像往常一样，煮了一壶六杯量的咖啡。

现在的情况是，加塔达罗知道多洛雷斯和米米之间的事。律师给他下了最后通牒，这可不是闹着玩的。如果巴都乔发现了养子的妻子和正在调查他的副警长之间有一腿，他会作何反应？毫无疑问，一定很严重。他肯定会认为，米米在偏袒多洛雷斯，他决不会相信米米是有诚信的。整件事情可能会发生危险的转折。咖啡冒泡了。蒙塔巴诺倒了一杯，慢慢喝着。天太冷了，不能坐在阳台上，于是他坐在小餐桌上，纸和笔放在触手可及的地方。

那么，巴都乔的真意到底是什么？首先，老人向他坦白——他说在哥伦比亚谋杀了菲利波·阿尔法诺，因为他相信阿尔法诺背叛了他。他把自己交到了蒙塔巴诺的手上，承认了自己的谋杀行为。但可以肯定的是，巴都乔的忏悔还有第二个原因。是什么呢？警长写道：

> 查查菲利波·阿尔法诺是在什么时候，以什么方式被谋杀的。让坎塔雷拉负责此事。

第二，这一点非常重要，老人告诉他，他认识到了自己的错误后，就亲自照顾菲利波的儿子乔凡尼，供他读书，让这个孩子过上干净的生活。换句话说，他让乔凡尼远离黑手党圈子。所以乔凡尼不是马仔。这是巴都乔见他的原因之一：要当面告诉他这件事，这位黑手党大佬不愿意看到乔凡尼身后名誉遭到玷污。但是，鞋盒里残存的少量可卡因是什么意思呢？这些可卡因一定不是乔凡尼本人用的，因为乔凡尼的朋友们一致说他从不吸毒。或许多洛雷斯偶尔会吸一点。唐·巴都乔一定有什么事没透露给他。他自始至终没有提过干儿媳妇的名字，这肯定意味着什么。黑手党的沉默往往比语言本身更意味深长。

还有一点，巴都乔坚信乔凡尼没有去送信，是因为他没能穿越海峡。在他看来，乔凡尼最远也就到了卡塔尼亚。洗脸盆中的血液不就说明乔凡尼曾出现在焦亚塔鲁吗，他怎么会得出这样的结论呢？最后一点，巴都乔说他不会亲手碰那些垃圾，而希望警方介入。他把这件事交给司法机关必有明确目的（在黑手党的口中，真正的目的总是隐藏在另一个看似显然但大谬不然的目的的背后）。巴都乔希望那些应该对乔凡尼之死负责的人被公开审判后，在监狱中结束生命。公开审判能将他们的肮脏和残忍公之于众。当然，如果他自己处理的话，罪犯也一定会为自己的行为付出代价，但那样他们就会悄无声息地消失，也就是被"白猎枪"杀掉。简而言之，他是想利用法律来完成一次精致的报复，让杀人者在公众面前蒙羞。

总结一下，巴都乔在得知乔凡尼没有送达那封信的那一刻就确信他被杀了，对他来说，信没送到这件事比任何其他铁证都有说服力。因为，如果我们想想的话，整个故事里都充满了疑点，一封私下递送但从未到达目的地的信，一束直到晚上都没人拾起但第二天上午消失不见的玫瑰，不该出现在入口处的小桌子上的灰尘，一个本应该装着残羹剩饭但却空无一物的垃圾桶，一张没有付的电费单据，血淋淋的注射器……

等一下，蒙塔巴诺！停在那儿！

杰拉切路的垃圾桶是塑料的！

肯定是吗？肯定是。如果它是塑料的，它的底部就不会生锈。真是个大笨蛋！他看到的不是铁锈，而是凝固的血！当注射器被扔进垃圾箱时，血液流出来了！

早上给埃斯泰里纳·特里波多打电话。

他现在知道下一步要干什么了。他继续在纸上写。

给麦卡努哥打电话，告诉他最新进展，告诉他接下来需要做什么。

写完这句话之后他感觉有点累了。虽然累，但很满足。他确信，如果躺下的话，他会马上睡着。

※

他被厨房里的噪音吵醒了。他看了看钟，九点半。天哪，都这么晚了！

"阿德莉娜！"

"怎么了，警长？我把您吵醒了吗？您睡得像个天使！"

"能给我煮一杯美味的咖啡吗？"

起床后，他没有去洗漱，而是来到客厅，开始拨电话查询台。一个可怕的女人录音传来。最后，机器终于给了他想要的电话号码。拨号之前，他把咖啡喝了。拨完电话，他将七、八、九的乘法口诀表复习了一遍，终于一个女人接了电话。

"你好！"

"你好，请问是埃斯泰里纳·特里波多太太吗？"

"你打的是我家的电话号码，你觉得我是谁啊？"

从来都是如此优雅而有涵养，那个女人！

"我是蒙塔巴诺警长。还记得我吗？"

"怎么能忘呢？国王万岁！"

"国王万岁！我想请你帮个小忙，夫人。"

"乐意为你服务。我们都是同志，说什么帮忙就太见外了……"

"我想请你去把阿尔法诺家的垃圾桶原封不动带到自己家。看在老天的分上，不要清理，不要掀开盖子。我的同事麦卡努哥今天会过去取走。"

"不，不要让麦卡努哥来！"

"帮帮忙，埃斯泰里纳，看在我们对国王的忠心上。"

他花了足足十五分钟说服她，心里不停地骂脏话。

之后，他又打电话给警局。

"有什么指示吗，头儿？"

"坎塔雷拉，我晚些时候过去。"

"您随意，头儿。"

"如果法齐奥在那儿，让他来接电话。"

一三得三、二三得六……

"喂，头儿？"

"法齐奥，米米在办公室吗？"

"不在，他去蒙特鲁萨找穆桑特了。"

"听着，有一件事我想在上午解决，但我不想让米米知道。明白吗？"

"您尽管说，头儿。"

"我想让你帮我查一下菲利波·阿尔法诺在哥伦比亚被杀的确切日期。"

"警局档案室里肯定有死亡通知书。"

"很好。东西找到之后，把它交给坎塔雷拉。在中午之前，我希望他上网查到哥伦比亚当时的报纸，并与其中的一家取得联系。"

"为什么？"

"因为我想知道阿尔法诺死亡时的更多细节。"

法齐奥沉默了一会儿。

"我知道这不容易，法齐奥，但是……"

"头儿，我记得向我讲述阿尔法诺的故事的那个人提到过，本地报纸也报道了当时的情景。"

"那就更好了。总之，无论通过什么方式，我要得到一个答案。"

接下来，他给麦卡努哥打了电话。他们谈了半个小时。最后，他们完全达成了一致。只有一个小细节除外。

"不，我才不要对那个女人说'国王万岁'！"

"拜托啦，麦卡努哥，别那么较真！只要说出来，她会对你敞开心扉的。"

现在他必须为第三招做好准备，这仿佛在黑暗中射击，是最危险的一步。但是，只要这一步做得好，问题就会迎刃而解。

"阿德莉娜！"

"什么事，先生？"

"拿张纸开始写。"

"我？您知道我那个字……"

"没关系，听我说。我把字写在纸上，然后你再抄到另一张纸上。可以吗？"

他拿出纸，工工整整地写上：

    我已经拿到了你知道的那个注射器。猜猜我是谁，和我联系，我们可以做笔交易。

"天哪！"阿德莉娜说。"这个句子太长了！"

"慢慢来，我去洗漱。"

他故意把动作放缓，在浴室磨蹭了近一个小时，当他出来时，阿德莉娜刚刚抄完。

"我尽力了，先生。天哪，根本认不出来！还需要我做什么吗？需要签名吗？"

"不需要，阿德莉娜，这是一封匿名信！"

阿德莉娜惊讶地看着他。

"什么？您可是干法律的，先生，让我写一封匿名信？"

"你知道马基雅维利说过什么吗？"

"先生，我不知道。他说什么了？"

"他说，为达目的不择手段。"

"听不懂，我还是回厨房吧。"

警长又看了一遍阿德莉娜抄的句子，字体歪歪扭扭，中间还有好几个错别字。完美！他拿出信封，把匿名信放进去，然后封上。他又写了一张便笺。

亲爱的麦卡努哥：

　　麻烦你把这封信从焦亚塔鲁用快递寄至以下地址：

维加塔古图索路十二号，多洛雷斯·阿尔法诺收。

　　谢谢

萨尔沃

他把纸条和信放进一个大信封里，写上麦卡努哥的地址，然后装进上衣口袋。

"再见，阿德莉娜，我要走了。"

"您有什么想吃的吗？"

"都行。你做什么都好吃。"

※

他在大街上经过的第一家烟店停了下来，买了一盒香烟和一张邮票，把邮票贴在信封上，放进邮筒里。希望邮政服务不要像往常一样，向两百公里以外的地方寄一封信需要八天才能收到。

坎塔雷拉全神贯注地在看电脑，蒙塔巴诺出现在电脑前他都没注意到。警长在走廊里差点撞到法齐奥。

"来我办公室，把门关上。"他说，"有什么情况吗？"

"果不出我所料，头儿，菲利波·阿尔法诺的谋杀案是由《岛》杂志报道的。他是在二十三年前的二月二号被杀的，至少档案里是这么记的。"

"事实呢？"

"坎塔雷拉正在查询杂志存档。"

"让我们期待会有最好的结果吧。有米米的消息吗？"

"他还没回来。"

"好的，谢谢。"

但法齐奥没有离开。

"头儿，发生什么事了吗？"

"什么意思？"

"您先是把调查交给了奥杰洛，现在自己也在同时展开调查。"

"我没有同时展开调查！我只是有了一个思路，可能对案件有帮助。难道说，我把案子交给米米就想都不能想了？"

法齐奥似乎并不相信。

"头儿，我还是弄不明白，在多洛雷斯·阿尔法诺来告诉我们她丈夫的事之前，您就问她的事了，难道这只是一个巧合……我还忍不住想，在我们知道佩科里尼和多洛雷斯的关系之前，您就让我打听佩科里尼的情况了。是时候告诉我真相了吗？"

法齐奥真是个好警察！蒙塔巴诺权衡之后决定，把部分真相告诉法齐奥。

"我问你多洛雷斯和佩科里尼的事，那不是因为乔凡尼·阿尔法诺被杀，而是因为别的。"

"是什么原因？"

"我发现米米和另一个女人在一起已经两个多月了。"

法齐奥窃笑："嗯，了解他的人很快就会发现这一点。"

"是的，但我之前发现，米米的情人是多洛雷斯·阿尔法诺，他们在佩科里尼的房子里会面。"

"我的天！他们现在还是恋人吗？"

"是的。"

法齐奥竟无言以对。

"您……知道这件事，还把案子交给他处理？"

"嗯，这有什么奇怪的？是黑手党杀了阿尔法诺，不是吗？你不同意吗？"

"看起来是这样。"

"如果我们怀疑多洛雷斯与她丈夫的死有关系，那么这将改变一切，米米会发现自己身陷困境，至少可以这样说。"

"等一下，头儿。奥杰洛知道您知道这些吗？"

"知道他有一个情人，这个情人是多洛雷斯？不，他不知道。"

"我不明白，"法齐奥说，"这个女人似乎很爱她的丈夫！在她开始担心丈夫失踪之前，她就和奥杰洛在一起了吗？"

"是的。"

"所以她是在我们面前演戏！"

"是的，她说得真像那么回事。"

"很抱歉，但我现在有点懵。为什么奥杰洛如此热衷于这次调查呢？是为了帮他的情妇一个忙？但当时我们甚至不知道死者是谁！除非……"

"答对了！除非米米当时已经知道了，因为多洛雷斯告诉他死者可能会是谁了。"

"但这就意味着……"

"等一下，有人在撞门，"蒙塔巴诺打断了他，"去看看是谁。"

法齐奥站起来打开门，是坎塔雷拉。

"我是在用指甲敲门，不是在撞门！"他说，掩饰不住对自己的满意。

他把一张纸放在桌子上。

"这是文章的复印件。"

坎塔雷拉离开后，蒙塔巴诺开始大声朗读文章。

普图马约恐怖犯罪
维加塔商人被谋杀肢解

菲利波·阿尔法诺，维加塔商人，五十二岁，于昨日在阿曼瑞兹二十八号的办公室被杀。尸体是罗莎·阿尔姆夫人发现的，她每晚八时左右会前往打扫房间。她走进浴室，看到浴缸里的尸体就晕倒了。恢复意识后，她立即打电话报了警。虽然菲利波·阿尔法诺显系谋杀，但不知出于何种原因，尸体被极其残忍地肢解。当局将在验尸后给出确切死因。阿尔法诺先生大约两年前从西西里来到哥伦比亚，留下了遗孀与幼子。

"你敢不敢跟我打赌，他是被切成了三十块？"蒙塔巴诺问。

"所以，我们这件案子看起来很像巴都乔那件事的续集。"法齐奥说。

蒙塔巴诺认为的确如此，巴都乔承认自己谋杀了菲利波·阿尔法诺，但他没提那个小细节，就是把尸体剁成了三十块，数量与犹大所收银币的数量相同。他知道蒙塔巴诺一定会对此事进行调查。他故意省略了那个细节，因为他知道，一旦警长发现菲利波·阿尔法诺尸体的惨状，就会明白，这种重复就像在伪造他的签名。

"把文件找个地方收起来。"

"不把它给奥杰洛看吗？"

"等我告诉你的时候再给他看。"

"对不起，头儿，但我觉着这篇文章看起来像是证明巴都乔就是……"

"等我告诉你的时候再说。"蒙塔巴诺重复道。

法齐奥把文件放进口袋里，但似乎比之前更困惑了。

"那我应该如何和奥杰洛相处呢？"

"你想怎样和他相处呢？跟以前一样就行。"

"头儿，我还有几百个问题要问你。"

"这么多？我们以后有充足的时间来讨论那些问题。"

"您下午回来吗？"

"回，但会很晚。我午饭后回家。有需要的话可以去找我。"

※

警长脑子里全是自己的决定可能会引起的各种后果，吃饭时无精打采，引起了恩佐的注意。

"怎么了，警长，没胃口吗？"

"有些心烦。"

"那可不是什么好事，警长。吃饭就像做爱，容不得半点儿担忧。"

蒙塔巴诺照常出去散步，但当走到码头尽头的灯塔前，没有像往常那样在岩石上小憩，而是转身回家了。

※

麦卡努哥和他已经商量好四点通电话。警长不想在办公室里接电话，那儿每天进进出出的人太多了。四点整，电话铃响了。

"蒙塔巴诺吗？我是麦卡努哥。"

"有什么情况吗？"

"你的猜测丝毫不差。垃圾桶底部的污渍真的是血。垃圾桶已经送去法医处了，他们正在化验，看是否和洗脸盆里的一样。"

"要花多长时间？"

"我让他们尽快。他们保证明天早上会给我答复。你都干什么了？"

"我给你寄了一封信，我想让你把它寄回维加塔。你一拿到信就把它寄走，这事非常重要。你跟检察官谈过了吗？"

"谈了，他授权我可以监听电话。他们正在做这件事。"

"你有没有告诉他不要对托马塞奥透漏任何消息？"

如果雷焦卡拉布里亚的公诉人向他在维加塔的公诉人透漏任何消息的话，后者一定会告诉米米。那娄子可就大了。

"是的，他一开始不太愿意，但最后同意了。"

"听着，我一定不能被牵扯进这件事中，现在不行，以后也不行，明白吗？"

"不用担心，我从来没提到过你的名字。"

"埃斯泰里纳·特里波多那边怎么样了？"

"她答应配合。她说就当是为了你做的。"

"你对她说'国王万岁'了吗？"

"还是你们他妈的自己说吧，你和埃斯泰里纳·特里波多！"

18

　　警长在五点左右回到警局时，米米来到他身边。

　　"让穆桑特这样的人打击黑手党！纯属帮倒忙！无能的白痴！"

　　"冷静，告诉我发生了什么事。"

　　"我和他约好九点钟见面，结果他让我等到十一点半。我们才开始说话，他就被一个电话叫走了。五分钟后，他回来说要把会面推迟到一点钟。于是我就去蒙特鲁萨闲逛了，一点回去，他正在办公室等我。我和他谈了目前为止的调查情况，所有证据都指向巴都乔·西纳格拉……结果呢？他笑了，告诉我这已经不是什么新消息了。他说，前一段时间，他们收到一封匿名信，指控巴都乔谋杀了一名马仔，因为他自己做起了毒品买卖。他们对此展开了调查，得出的结论是，巴都乔与此事没有关系。他说这是误导调查方向的把戏。真他妈的白痴！最重要的是，他说一直都没有发现马仔的尸体。我告诉他，现在找到了，甚至还知道名字：乔凡尼·阿尔法诺。你知道他对我说了什么吗？"

　　"米米，如果你不告诉我，我怎么能知道……"

　　"他说，巴都乔不可能是凶手，因为让这个人活着完全符合他的利益。他还提到了一些关于阿尔法诺应该给圣乔瓦尼郊区某个人送信的事……"

"他有没有告诉你，他们是怎么发现这封信的？"

"说了，这实际上是缉毒署下的套。巴都乔一定会去接触这个人。他们在等待这封信被送到目的地，这样就可以整巴都乔一下子。但由于信一直没有送达，他们便认为巴都乔与阿尔法诺的谋杀案无关。老实说，我真的不明白。"

"我也不明白。你打算怎么做？"

"我不会放弃的，萨尔沃。我敢肯定，你知道的，我百分之百肯定是巴都乔做的！"米米疯狂地回答。

可怜的人！看看多洛雷斯把他变成什么样了！她助长了一位小警官的犯罪行为……她一定在不遗余力地煽动他，不给他片刻安宁。

"你向阿尔法诺夫人了解情况时，有没有问她丈夫是否曾告诉她，他的父亲菲利波是怎么被杀的？"

"问了。她告诉我说巴都乔让人在他的头颅底部开了一枪。"

"就这样？"

米米看上去有点困惑。

"是的。一枪，就这样。你为什么问这个？"

蒙塔巴诺没有立刻回答。

"既然乔凡尼知道自己正在跟着杀父仇人干活，为什么他都没有想过报复巴都乔呢？"

"多——阿尔法诺夫人说，巴都乔非常想得到乔凡尼的原谅，为他做了很多事，最后他成功了。"

"需要一点建议吗？"

"当然。"

"问她能不能想起当时报道此事的哥伦比亚报纸的名字，然后在网上查找那家报纸的档案，搜索关于此次谋杀的文章。一定会找到有用的东西的。"

"嗯，这是个好主意！我先和多——阿尔法诺夫人说一下，然后让坎塔雷拉着手工作。"

"最好不要让坎塔雷拉参与这件事。"蒙塔巴诺急忙说。"每个进入警局的人都会经过他那里。我们应该多加小心。你可以在家里用自己的电脑查找啊。"

"你说得对，萨尔沃。"

他像火箭一样飞奔出去了。多洛雷斯一定会故意拖延一些时间，然后才假装记起二十多年前的报纸的名字，之后米米会投入查找工作。基本上，他三四天以后才可能挖到与巴都乔有关的有价值的消息。

※

阿德莉娜已经为他做好了菜。四片炭烤鲜金枪鱼，火候正好，周围摆一圈带壳的小虾，上面淋着一层柠檬香草蒜酱。饱餐过后来了精神头，于是他坐在桌边开始写信：

亲爱的麦卡努哥：

　　我觉得形势将会对我们有利，所以写这封信说一下我关于科瑞塔鲁案件的分析。我已经在电话中告诉过你乔凡尼·阿尔法诺和他父亲菲利波的事。菲利波据说是被维加塔的黑手党头目巴都乔·西纳格拉下令处死的。阿尔法诺的妻子名叫多洛雷斯，哥伦比亚人，她在维加塔已经居住多年了，其间有一个名叫阿图罗·佩科里尼的当地屠夫向她求爱。他是一个暴力的人，曾涉嫌谋杀。长话短说，两个人在多洛雷斯的丈夫出海时成了情人。唐·巴都乔插手干预此事，出面捍卫远在他乡的乔凡尼的尊严。巴都乔非常喜欢乔凡尼。坊间有传闻说他把乔凡尼的父亲杀了，因为他以为乔凡尼的父亲背叛了自己，后来才知道他犯了一个可怕的错误。当然，这一切都是谣言，没有证据可以证明巴都乔下令杀了菲利波·阿尔法诺。无论如何，巴都乔让多洛雷斯回哥伦比亚待一段时间，并威胁佩科里尼，让他搬去卡塔尼亚。佩科里尼在那里又开了一家肉店，维加塔的店也没关，交给他弟弟打理。一段时间后，多洛雷斯返回维加塔，佩科里尼也被允许在周末回来。在旁观者看来，两人之间的恋情似乎已经结束了。然而事实上并非如此。尽管有危险，但他们仍继续见面。佩科里尼在维加塔的房子距离阿尔法诺的房子只有五十米的距离而已。

当乔凡尼回家后，多洛雷斯变得非常愤怒。乔凡尼非常爱她，和她在一起时总是尽力弥补自己不在的时光，主要是在性方面。女人对此忍无可忍。所以多洛雷斯和情人决定要置乔凡尼于死地，并把罪行嫁祸给巴都乔·西纳格拉。这一定是屠夫的主意，是他报复的一种方式。要知道，乔凡尼对佩科里尼和他妻子之间的事情一无所知，因为巴都乔不想让他难受，告诉乔凡尼的朋友们不要向他提起此事。

今年九月三号星期五上午，乔凡尼和妻子开车前往焦亚塔鲁。多洛雷斯前一天告诉乔凡尼，她在卡塔尼亚的一个朋友知道他们要去焦亚塔鲁，所以要请他们吃午饭。当然，这一点是我自己的假设——多洛雷斯很可能找了其他借口。重要的是，她说服了丈夫在卡塔尼亚停留，前往屠夫的住所。不要忘记，乔凡尼不知道佩科里尼是妻子的情人。所以佩科里尼把他们带到他家，午餐后，用手枪从乔凡尼颅骨底部将其射杀。现在你需要做的是确定佩科里尼是否有车库。我认为那应该是谋杀的地点。让法医仔细检查一下，我相信他们会在那里发现乔凡尼的血迹。因为就是在那里，在多洛雷斯帮助下，佩科里尼将受害者的尸体切成三十块的。为什么？因为多洛雷斯告诉了佩科里尼乔凡尼父亲的故事，即他被用枪打在颅骨底部而死，然后尸体被切成三十块，这象征着叛徒犹大收下的三十块银币。所以他们也是那样做的，这样人们就会认为这是唐·巴都乔的"签名"：对自己不敬的马仔，乔凡尼，被施以和他父亲一样的处死方式。

佩科里尼把肢解的尸体装进一个大垃圾袋中，带到维加塔。然后，他把遗体埋在科瑞塔鲁，也就是陶工之地——犹大上吊自杀的地方。这又是一个天才之举，使它看起来更像是黑手党处置叛徒的方式。

多洛雷斯感觉相当疲惫，就在情人的房子里休息了几个小时，然后于当天晚上赶到焦亚塔鲁。为了证明此事，可以让埃斯泰里纳夫人给你讲讲玫瑰花束的事。之后，在星期六上午，多洛雷斯假装离开维加塔。我说"假装"，是因为她决定下午再进行预定的行动，那时门房的管理员不在，不必担心有人看到她。在通往利多迪帕尔米的省道上，她把自己的车撞了。在等待修理的时候，她住进了一个汽车旅馆（稍后会给你讲述所有的细节）。下午她告诉汽车旅馆的老板自己要去海滩，实际上她乘坐着一辆夏季才运营的公共汽车返回了焦亚塔鲁。回到杰拉切路的公寓后，她把马桶弄脏，打开一瓶红酒和一罐啤酒，把酒倒进水池，把酒瓶放在显眼的地方。她从卡塔尼亚带来了丈夫的一条裤子、一个装满丈夫血液的注射器和一点点可卡因。她把裤子扔在床的大面儿上，在浴室的洗脸池周围洒了几滴血，然后用肥皂盒盖上（这是你告诉我的）。最后，她打开浴室上方的储藏室，她知道那里有一个空鞋盒，她拿出鞋盒，在里面撒了一些可卡因，把鞋盒放回原处，关上门。然后又匆忙返回旅馆，临走时带走了玫瑰花束，找个机会，就随手扔掉了。然而，因为行事匆忙，她犯了三个错误：

一、她把注射器扔到了垃圾桶，但里面还有大量的血液；

二、她忘了打扫入口处小桌子上的灰尘（她说她离开之前已经把房子打扫干净，一切都井井有条）；

三、她没有拿走电费单，而把它塞到了小桌子底下。

她回到旅馆就睡了，第二天早上动身回维加塔。几天后，屠夫给反黑手党委员会寄了一封匿名信，指控巴都乔·西纳格拉谋杀了一个被认为背叛了他的马仔。他希望这样能够推进调查。但反黑手党委员会和缉毒署知道这不可能是真的，依据是巴都乔交给乔凡尼的一封信，两个杀人犯对信的事情一无所知，和乔凡尼的其他东西一起毁掉了。我知道你可能很难理解这一切，我保证在一切结束后向你解释清楚。

谋杀案发生后的两个月，大雨（在我看来，也有佩科里尼的协助）将受害者遗体冲出地表。多洛雷斯随后来到维加塔警察局，就她丈夫是否已经真正登船提出质疑。航运机构的代表告诉我们，他丈夫的确没有登船。通过死者被杀前吞下的义齿，我断定了尸体是乔凡尼。在我看来，他们将死者谋杀后进行肢解，这样警局只能通过 DNA 来检测死者的身份，而这段时间正好给了多洛雷斯假装关注丈夫可能消失的合理时间。总之，从那一刻起，多洛雷斯就一直牵着我们的鼻子走，娴熟地引导我们把矛头指向巴都乔·西纳格拉（特别是在我把案子交给副手处理以后）。

穆桑特（你认识的）让我确信之前是误入歧途了，所以我就亲自去了焦亚塔鲁的案发现场（时间有限，没去见你，抱歉），也正是这趟行程让我产生了一些疑惑和怀疑。

我想，到现在为止，我告诉你的这些已经足够了。如果多洛雷斯按我们预想的方式行事，游戏结束。你有十足的把握去审问她。我再重申一下，我的朋友，请永远不要提我的名字，就算被严刑拷打，也不能松口。

我帮你们破获了一桩疑难案件，而我想要你做的只有这一件事。一切功劳都是你的，请用沉默作为回报。我将把这封信传真到你给我的私人号码。

打我家里的电话，不要打到局里。最好是在晚上十点以后。

你最亲爱的，

萨尔沃

这是一封诚恳的信吗？他想了想，把信重新读了一遍。

这是一封虚假的信吗？他想了想，把信读了第二遍。

它会帮助实现预期目标的。想到这里，他没有再读信，开始脱衣服睡觉。

※

信件传真出去的第二天晚上十点左右，麦卡努哥打来第一个电话。

"蒙塔巴诺吗？今天早上我接到法医的电话了。"

"嗯，说什么了？"

"你击中要害，垃圾桶底部和洗脸池里的血是同一个人的。"

"你的意思是，你击中要害了，麦卡努哥。祝贺你。"

第三天晚上，麦卡努哥再一次打来电话。

"我收到你的匿名信了，把它转给那个人了，你懂的。"他说。

在采取决定性行动后的这个夜晚，他紧张到无法合眼。他年纪大了，难以忍受这种程度的紧张。当太阳终于升起时，他发现自己正在眺望冬日的美丽清晨，万里无云，清冷而明亮。他不想去办公室也不想待在家里。渔夫科西莫·劳里切拉正在沙滩上忙着打理小船。

"科西莫！"警长从窗口喊道，"我可以和你一起出海吗？"

"但我要等到下午才能回来！"

"没问题。"

※

他一条鱼也没钓到，但精神好多了，比在医院里泡一个月还好。

※

两天后，他期待已久的麦卡努哥的电话打来了。这段时间，他没刮胡子，没换衬衫，衣领上满是污渍，眼睛里充满血丝，看起来就像科幻电影里的怪物。米米也好不到哪里去，没刮胡子，红着眼睛，头发根根竖立，像是给铅笔做广告似的。坎塔雷拉吓坏了，一句话都不敢说。当他们经过他的办公桌时，他只是低着头不去看他们。

"半个小时前，我们截获了一个非常简短的电话，是多洛雷斯·阿尔法诺打给特里波多夫人的。"麦卡努哥说。

"她说什么了？"

"只是问明天下午三点左右能去找她吗。特里波多回答：'我等你'，我们也会在那儿等她的。"

"逮捕她以后从警局给我打个电话。哦，听着，关于注射器，我有一个想法……"

麦卡努哥喜欢这个想法。然而蒙塔巴诺并不关心多洛雷斯会怎么样，他只想让米米置身事外。他必须让他从这件事中抽身，让他在接下来的二十四个小时忙起来。他打电话给法齐奥。

"法齐奥吗？很抱歉打扰你，但我需要你到我这儿来一趟，现在，我在马里内拉。"

"我这就出发，头儿。"

当法齐奥到达那里时，忧心忡忡，充满疑问。他发现蒙塔巴诺的胡子刮得干干净净，穿着崭新的衬衫。警长坐下来问他："要威士忌吗？"

"老实说，我不习惯你……"

"听我的，你来一杯比较好。"

法齐奥乖乖地给自己倒了两指酒。

"现在我要给你讲一个故事，"蒙塔巴诺开始说话，"但你最好把威士忌酒瓶放在手边。"

当他把故事讲完时，法齐奥已经喝了四分之一瓶酒。在蒙塔巴诺说话的这半小时内，法齐奥唯一的评论就是"天啊"。他说了五次。

他的脸色一直在变：先是红色，又变成黄色，然后是紫色，最后变成了三种颜色的混合。

"所以，明天早上我要你做的是，"警长总结说，"米米一到办公室，告诉他你晚上突然有了一个想法，然后把这篇文章的复印件给他一份。"

"您认为奥杰洛会怎么做？"

"他会跑去蒙特鲁萨告诉托马塞奥，解释这份证据，然后再去找局长和穆桑特做一样的事。他会把整个上午浪费在从一个办公室跑到另一个办公室上。然后，你想想办法，让他多浪费点时间。"

"然后呢？"

"明天晚上，等多洛雷斯一落网，麦卡努哥会在警局给我打电话。我会叫米米来，告诉他多洛雷斯已经被逮捕了。你也要在场，我无法想象他的反应会怎样。"

※

第二天下午六点，米米·奥杰洛疲惫不堪地回到办公室，一方面固然是对在蒙特鲁萨浪费工夫感到愤怒，但他似乎也在担心别的事情。

"阿尔法诺太太打电话给你了吗？"警长问。

"给我打电话？她为什么要给我打电话？她或许给法齐奥打电话了呢？"

"不，她没有。"

他很焦躁。看起来像是多洛雷斯什么都没说就离开了，并且手机一直关机。显然，她迫切需要前往卡塔尼亚与阿图罗·佩科里尼谈话。

"蒙特鲁萨情况如何？"

"别让我发火，萨尔沃！一群蠢货！他们所做的就是给自己的犹豫不决找借口。那篇报道不就是更好的证据吗？我明天会再去一趟，和托马塞奥谈谈！"

他愤怒地离开了，回了自己的办公室。

七点，麦卡努哥打来电话。

"太好了！蒙塔巴诺，你真是个天才！如你所料，特里波多夫人给多洛雷斯看了一眼装着血的注射器，多洛雷斯便自掘坟墓了。还想听一些好消息吗？她立刻就屈服了。她意识到自己的诡计已经败露，坦白了一切，并把这件事推到情人，也就是屠夫的身上。顺便说一句，屠夫在大约十五分钟前在卡塔尼亚的商店被逮捕……事情就是这样，现在得挂电话了，我会随时知会你。"

"知会我什么？没有必要，麦卡努哥。我会从报纸上了解接下来的事。"

警长做了三、四、五次深呼吸，让自己平复下来。

"法齐奥！"

"请吩咐，头儿。"

两个人总是那么默契。

"去告诉米米我想见他，你也一起回来。"

当两个人回来时，蒙塔巴诺正在椅子上来回摇摆，双手插在头发里。他表现出一副吃惊、震撼又沮丧的样子。

"天哪！天哪！"他说。

"怎么了，萨尔沃？"米米害怕地问。

"我刚刚接到麦卡努哥打来的电话！天哪！谁能想得到呢？"

"发生了什么？"米米几乎大喊道。

"他刚刚在焦亚塔鲁逮捕了多洛雷斯·阿尔法诺！"

"多洛雷斯？在焦亚塔鲁？"米米颤抖地重复道。

"是。"

"为什么？"

"因为谋杀亲夫！"

"这是不可能的！"

"是真的。她已经认罪了。"

米米闭上眼睛，倒在地板上，因为他倒得太快了，法齐奥都没来得及扶住他。那一刻，蒙塔巴诺意识到，米米一直都在怀疑，但不愿承认多洛雷斯涉嫌杀害她丈夫，他一直在欺骗自己。

※

他到鹿嘴村的第二天，法齐奥打来电话。

"您怎么样，头儿？"

"不好也不坏。"

退休生活排练得很顺利。这确实是一个退休老人的典型答复。

"我想告诉您，奥杰洛警官今天带着妻儿去丈母娘家休假几个星期。我还想说，您把一切都圆满解决了，我真是太高兴了。您什么时候回来，头儿？"

"明天晚上。"

警长来到大落地窗前坐下。利维娅一定很高兴听他讲贝巴和米米的事。巴都乔·西纳格拉让律师加塔达罗打来电话，律师告诉他，自己的老板看到多洛雷斯被捕有多高兴。法齐奥也很高兴。麦卡努哥也很高兴，蒙塔巴诺在电视上看到他在接受记者们对他英明行动的祝贺。心里百味杂陈的米米肯定也是高兴的，虽然他不会向任何人说起此事。所以，所有的话都说完了，所有的事都做完了，警长设法将他们都带出了科瑞塔鲁的危险地带。但是他呢？他怎么样呢？

"我只是累了。"他沮丧地回答。

前一段时间，他看到一篇标题为《上帝累了》的文章，只看了标题。利维娅曾经挑衅地问他，是否认为自己是神。一个低级小神，她补充说。随着岁月的流逝，他确信自己连小神都不是，只是剧院里可怜的木偶。一个努力把他知道的事情以最好的方式呈现出来的木偶。每次他想完成一次新的演出，都得付出巨大的努力，也会更加厌烦。他还能坚持多久？

现在最好不要去想这些事，还是坐在窗前看海吧。无论在维加塔，还是在鹿嘴村，大海永不变。